花間讀詞

琹涵——著

目次

寫在前面：但願，一切都是剛剛好 9

卷一 流水落花春去也，天上人間

提燈籠．慶元宵——柳永〈甘州令〉：凍雲深 20
荔枝樹下——程垓〈水龍吟〉：夜來風雨匆匆 26
湖景絕美——王觀〈卜算子．送鮑浩然之浙東〉：水是眼波橫 31
流水落花春去——李煜〈浪淘沙〉：簾外雨潺潺 35
只是，詩人不寫詩——李煜〈望江梅〉：閒夢遠，南國正芳春 39

我的畫畫朋友——黃庭堅〈清平樂．晚春〉：春歸何處 43
傾聽相思——馮延巳〈鵲踏枝〉：蕭索清秋珠淚墜 49
聚散依依——馮延巳〈歸自謠〉：寒山碧，江上何人吹玉笛 54
哀傷裡的祝福——柳永〈訴衷情近〉：雨晴氣爽 58
只有等待——蕭泰來〈霜天曉角．梅〉：千霜萬雪，受盡寒磨折 62
永遠的美少女——馮延巳〈醉花間〉：晴雪小園春未到 67

卷二 無情明月，有情歸夢

若有人知春去處——張先〈青門引〉：乍暖還清冷 72
掬一把幸福——劉基〈眼兒媚．秋閨，一作「秋思」〉：萋萋芳草小樓西 78

暗夜裡的情人——范仲淹〈御街行．懷舊〉：紛紛墜葉飄香砌 83
幽夢花影——馮延巳〈謁金門〉：風乍起，吹皺一池春水 90
紅了相思——馮延巳〈菩薩蠻〉：回廊遠砌生秋草 96
鶼鰈情深——納蘭性德〈蝶戀花．出塞〉：今古河山無定據 100
我的哀傷，妳的淚——陳文述〈漁父詞四首其二〉：雨後蜻蜓散夕陽 105

卷三　一縷新歡，舊恨千千縷

且看彩霞滿天——賀雙卿〈望江南〉：春不見 112
人間悲歡——溫庭筠〈更漏子．本意〉：柳絲長，春雨細 118
人生的單程車票——李重元〈憶王孫．春閨〉：萋萋芳草憶王孫 122

春去花落——辛棄疾〈祝英臺近．晚春〉：寶釵分，桃葉渡 128
菟絲花——吳文英〈風入松〉：聽風聽雨過清明 135
風過處，清香依舊——秦觀〈如夢令．春景〉：鶯嘴啄花紅溜 142
相思誰寄——劉迎〈烏夜啼〉：離恨遠縈楊柳 148
欲說還休——王國維〈點絳脣〉：屏卻相思 153
城裡城外——李璟〈攤破浣溪沙〉：手捲真珠上玉鉤 160
愛情易碎——況周頤〈減字浣溪沙．聽歌有感．其二〉：惜起殘紅淚滿衣 165
想起當年——王國維〈蝶戀花〉：閱盡天涯離別苦 170
心的傷痕——盧綸〈菩薩蠻〉：玉京人去秋蕭索 173
思念的回眸——黃孌清〈浪淘沙〉：秋意入芭蕉 178
秋閨深院靜——李煜〈搗練子．秋閨〉：深院靜，小庭空 184

卷四　青山依舊在，幾度夕陽紅

青春夢痕——陳銳〈望江南〉：春不見 190

心中的歌——李白〈菩薩蠻．閨情，一作「別意」〉：平林漠漠煙如織 195

轉角，看到希望——楊慎〈臨江仙〉：滾滾長江東逝水 201

晨霧——潘牥〈南鄉子〉：生怕倚闌干，閣下溪聲閣外山 208

春日落雨的早上——晏幾道〈木蘭花〉：東風又作無情計 213

人生滋味如茶——王國維〈浣溪沙〉：掩卷平生有百端 218

幸福在哪裡——張孝祥〈念奴嬌．過洞庭〉：洞庭青草 221

相逢的時候——柳永〈訴衷情〉：一聲畫角日西曛 226

給自己的祝福——龔翔麟〈好事近．沂水道中〉：極目總悲秋 230

紅塵過客——江昉〈清平樂〉：新陰滿徑 235

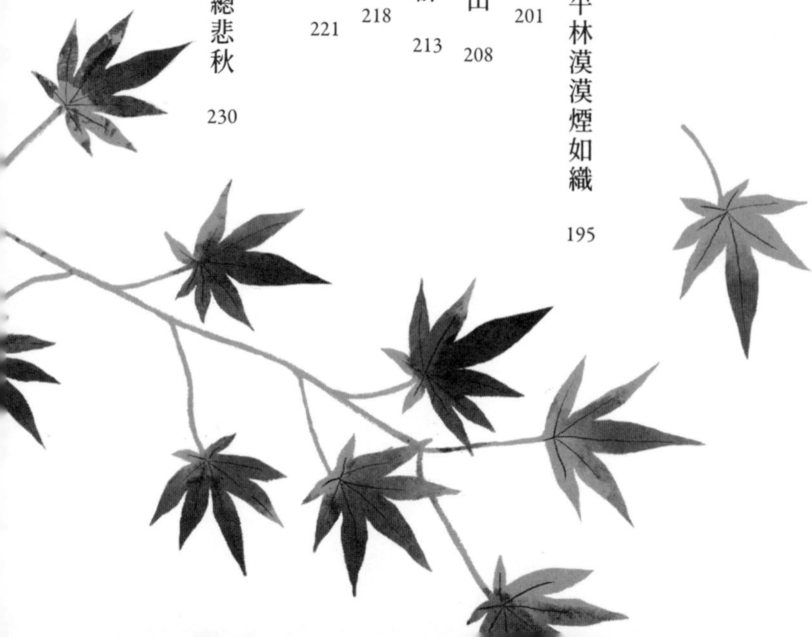

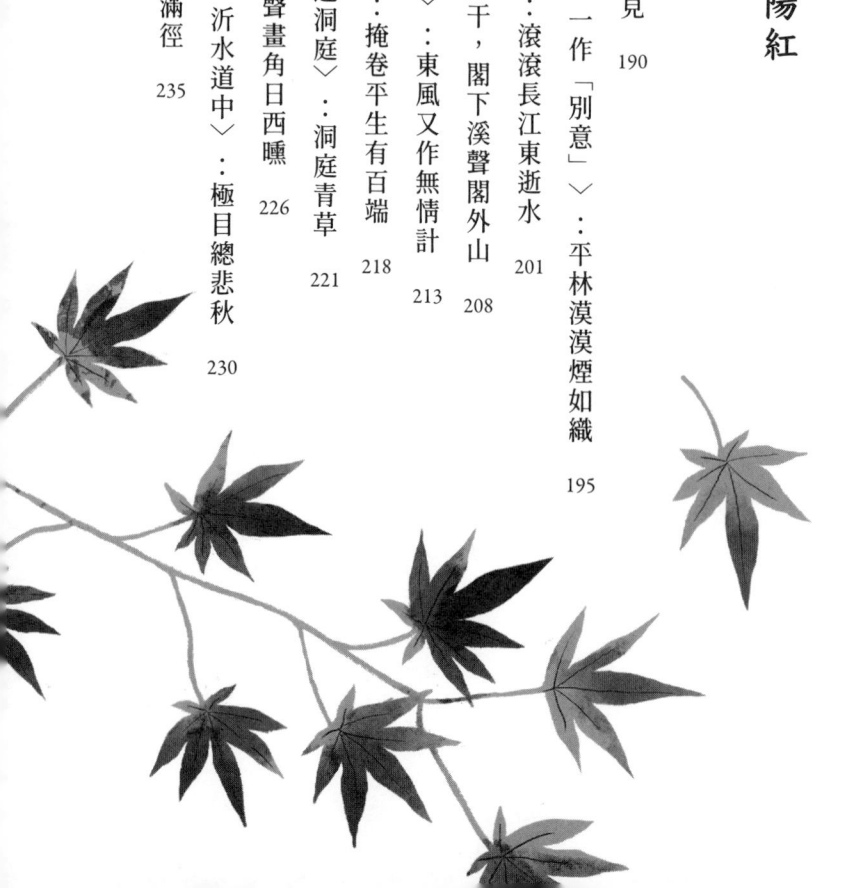

寫在前面

但願，一切都是剛剛好

但願，一切都是剛剛好。剛剛好的溫度，剛剛好的相遇，剛剛好的深情繾綣。

我是什麼時候喜歡詞的呢？

應該是少女的時期吧。

人說：「少女的情懷如詩。」這話是不錯。仔細追究起來，恐怕更應該是「少女的情懷如詞」呢。

當我還是個少女的時候，有多少在人前無法啟齒的心事，有多少憤恨不平，心中的委屈找不到安放的所在，我的淚不可抑制的落下，險險就要氾濫成災的時刻，是在古人的詞裡得到了慰藉、寬容、諒解和同情。那時候，我才驚訝的發現，原來，我們一生的知己，未必一定是某一個人，也可以是一本讀來心弦為之應和的詞集。

我把書當好友相待，願意晨昏相隨，也是從那個時候開始。

相遇得早，加以後來讀了中文系，對詞有更多的涉獵以及更為深入的探討，畢業以後，我去教書，歲月靜好，和詞卷攜手相伴的時光很長，果真日日都是好日，我何其幸運。

到底詞和詩有什麼不同？

中華文化源遠流傳，歷五千年之久，可謂博大精深，自有其脈絡可循。以文體的發展看來，是先有詩而後有詞，詞被認為是詩的餘緒，或詩的下一階，所以，詞又被稱為「詩餘」，也可見兩者關係的緊密。

我喜歡清代王國維在《人間詞話》中的說法：「詞之為體，要眇宜修。能言詩之所不能言，而不能盡言詩之所能言。詩之境闊，詞之言長。」

這種見解中肯、深刻，而且有趣。

他認為：詞這種文體，有如女子，不只要天生麗質，還要精於妝扮，方能人見人愛，芳名遠播。如果和詩相較，詞顯然更為精緻，且帶有女性陰柔之美的特質。詩可以說理議論，言情敘事，不一而足。詞的特長卻在抒情。有時空與人事，現在與過往，變與不變等等不同的相互對照，呈現出多方的情味。這是詩所不能及的所在，更是詞最為人們一再稱道之處。詩也言情，但多半只在點到為止，而不在幽微細節之處的描摹刻畫。詩的內容多有家國之愛、親情、友情的表達，主要題材有送別、懷人、思鄉等等。詩的境界寬闊，詞則著重在深情的鋪陳與描繪。

讀詞對您的創作有何助益？

詞的優美、含蓄和雋永，對我的創作必然是影響深遠的。尤其，是在心靈世界對美的仰望和提升，更是無可估量。

文學創作的養分：

1來自閱讀，那是有字的書，對創作的影響直接而迅捷。前人的人生經驗透過文字而傳達，其間還包含了寫作的技巧，只要用心體會，都能大有啟發。

2來自實際的人生經驗，那是無字的書，對創作的影響珍貴。是第一手的資料，別人未必能有。

人生是漫漫長途，有多少離合悲歡，有多少歡喜的淚、哀傷的歌？這些都能讓創作更加深刻，更為動人。然而，人生也在回顧時感嘆短如一瞬，明白了這個事實，我們更要學會活在當下，雲淡風輕。

我的創作快樂是在分享，分享我的生活故事以及所思所想；也希望經由不斷的反省和學習，能讓自己成為更好的人，過更有意義的人生。

為什麼會想要寫這本書？

詩詞一直是我的隨身書，總是抽空翻閱，不多的文字，易讀易記，卻又優美雋永，長存心中。

在寫作的漫漫長途裡，我曾有過各式各樣的書寫嘗試。有一年，有個朋友要了我《慢讀泰戈爾》的書稿，由於那本書編輯用心，推出後，頗有好評。朋友大為高興，跟我說：「《慢讀泰戈爾》已成為經典，您再寫一本吧？」其實，我沒有意願。泰翁的詩雖然聞名遐邇，舉世皆知，詩作是好的。只是，在整個書寫的過程裡，我依舊覺得仍遠遠不及我們的詩詞深邃美好。詩詞是中華文化的瑰寶，歷久而彌新，是文學夜空中永恆的星辰。當時，我就決定，要重新回歸詩詞境界的引導寫作。

生命中所有的美好，都不應據為己有，分享將擴大了美好的範疇，如果人人得而賞之，那真是中華兒女的驕傲。這是一件多麼有意義的事！

雖然，我的詩詞系列也寫了十年，可是，我深知自己不敏而學海無涯，唯有持續的努力，毫不停歇，冀望能稍有進步。只要不忘初衷，不負歲月，日久天長之後，終究可以看到小小的成果，那麼，余願足矣。

什麼時候適合讀詞？生活困頓或生活順遂的情況下去讀詞，會有不一樣的體會嗎？

隨時隨地都適合讀詞，為什麼還要遲疑呢？

詩詞都是中華文化的精髓，字字珠璣，不足以形容它的高妙，那麼，就從此刻開始讀起吧。一切都是剛剛好。剛剛好的機緣，剛剛好的相遇，剛剛好的心靈契合。

詞有深淺之別，如果年紀小，就從字數少，容易理解的，作為入門。以後呢？就選自己喜歡的讀，先讀有興趣的詞作，再及於詞家的全面作品……這都是很好的選擇。

我們多麼幸運，能擁有這許多不朽的經典。

好作品讀多了，潛移默化，將使我們成為溫柔敦厚且深具內涵的人，我們的人生境界也已經在無形之中得到了提升。

即使是在生活順遂時讀詞，心中歡暢，彷彿每一闋詞都充滿了快樂的音符，繽紛美麗，讓人愛不釋手，我們都是幸福的人。

縱然生活困頓，顛沛流離，詞的美好和深意，在在撫慰了我們內在的徬徨和無依，讓我們心中自有丘壑，可以篤定的繼續前行。終於度過人生淒寒的暗夜，而盼到了曙光的重現；也終究走過了苦難。一路的堅苦卓絕，回贈了我們人生旅程豐美的收穫。

多少詞家的人生，或流離失所或遭時不遇或艱苦備嘗或有志未伸……跌宕起伏的一生，卻依舊留給了我們不朽的篇章，到今天仍熠耀生輝，光芒不滅，我每一思及都感動不已，真心嘆服。

美，是有力量的，何止是永恆的悅樂！

為什麼您說文學成了您的救贖？

年少的時候，如果您問我：文學有什麼用？

我完全無法回答。

我以為，我的親近文學，只是因為我喜歡。文學，帶給我滿心的歡愉，它讓我的心靈豐足自在，活得更加快樂，我並不以為它需要有用。

當我長大，終於面臨人生狂風暴雨的侵襲，充滿了艱難困頓，簡直讓人難以前行。就在信念即將崩毀之際，文學成為我的救贖，它讓我可以持續前進，終究跨越苦難。

奇怪的是，在那期間，閱讀一無作用，彷彿是船過水無痕。明明是認真的讀過，卻很快的被遺忘。怎麼會這樣呢？何況，我的記憶力一向是很不錯的。我無法理解。

寫作卻可以給我安定的力量。

或許是因為寫作太需要專注，於是，當我決定去寫一本新書，那樣的勞神苦思，也讓我忘卻紅塵擾攘，更能專心致志，心無旁騖。當書寫成，心中的結解開了，困頓也成為過去了，讓我再一次看到朗朗晴空。

我的確是這樣平安的走過一個又一個艱困的考驗。

我垂下眼來，我真心感謝文學所給予的心靈支持。

我更感恩：幸好，我能寫。

當日子如飛的逝去，我逐漸走到了生命的秋日，離合悲歡都成了心中的歌，可以唱給風聽，唱給花草聽，也唱給歲月的流水來聽。

詞，是我內心深處最百轉千迴的那首歌。

它總是最能懂得我的心情。我心中的愛恨、笑聲和淚痕，也都可以在詞裡尋覓到蹤影。到如今，我還是喜歡詞，讀詞，常讓我想起許多遠去的，屬於青春的記憶。

您也喜歡讀詞嗎？

我曾經花費了許多心力來寫《花間讀詞：42首歌詠心醉與心碎的動人詞話》。就在此刻和讀者們見面了，這會不會也是一本您喜歡的書呢？

真心喜歡的書，值得時刻相隨，彷彿故人的把臂言歡，真有說不出的暢快，竟也彷彿是靈魂的知音。

何處不可以讀詞？隨心，隨興，都好。

在花間可以讀詞，在窗前可以讀詞，在每一個安靜的白天和夜裡都可以讀詞，我們內在的弦因好詞而怦然心動，引發共鳴，竟像是莫逆於心，如此應和，如此相得，如此難忘，一切都是剛剛好。

剛剛好就是最好，沒有過與不及的憾恨。這也成了人生最美的祝福，願您安康，願您幸福，願您的一切都是剛剛好。

二〇二〇年初冬　琹涵

卷一

流水落花春去也，
天上人間

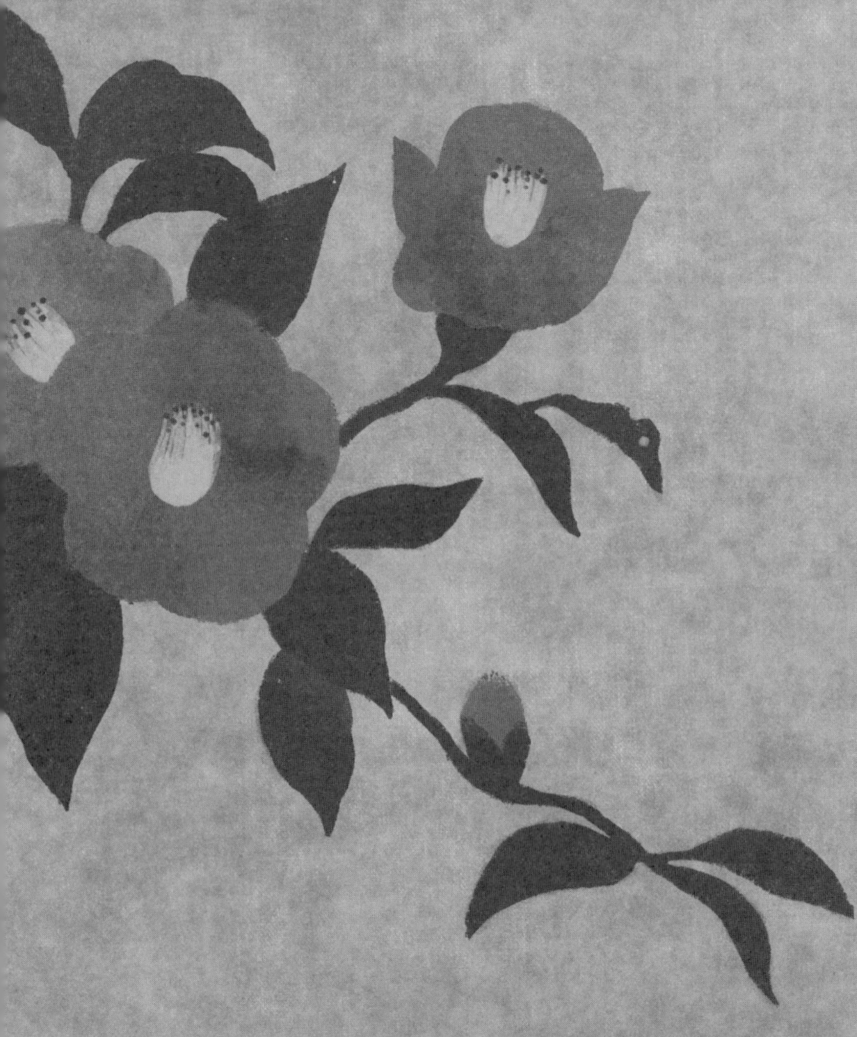

提燈籠．慶元宵

我以為：所有的佳節都是屬於兒童的。

春節最長，直到元宵，整個「年」節才算過完。我想，那是農業時代，春耕、夏耘、秋收，日日都有做不完的農事，汗滴禾下土，手腳都長繭，怎一個「勞累」了得！直等到冬盡春來，終於可以全家歡聚過佳節了。

記憶裡的元宵是要提燈籠的，爸媽也早就替我們準備好了燈籠，每人一個。當年那燈籠還是紙做的呢！我們也興高采烈的提著燈籠出去，當然是在夜晚。那時候，我們還住在高雄的小港，當年一個很鄉下的地方，到處看得到木麻黃。我們提著燈籠，風一吹，蠟燭倒了，整個燈籠著火，就這樣付之一炬，都還沒有繞場一圈呢，才十來分鐘，元宵節的提燈籠活動，就這樣宣告結束了。

我只好不甘不願的回家，弟弟妹妹們也都陸續跑回來，因為大家的燈籠都一樣燒掉了。

沒有燈籠可提，也並不是什麼世界末日，雖然有點兒可惜，真不應該是紙作的啊。可是，也沒有關係，我們可以來玩遊戲。這是手足多的好處，不怕沒有玩伴。大家聚在一起，在牆壁上玩起手影，也可以玩上大半天，下棋的下棋，畫圖的畫圖，直到媽媽喊我們：「來吃『元宵』了。」

我們爭先恐後的湧向餐桌。

媽媽已經一碗碗的盛好，就等我們來吃了。

弟弟說：「這不就是湯圓嗎？」

媽媽說：「是啊，北方人叫元宵，南方人叫湯圓。從宋朝就盛行元宵節吃元宵，將糯米粉和水搓成湯圓，象徵全家團圓、事事順利。也是一種祝福。傳統北方還搖元宵呢。先做好餡粒，然後一顆顆放在大籮筐內的糯米粉上，搖晃籮筐，使它均勻沾上糯米粉。撈起沾水後，再下籮筐搖，重複幾次就成為一顆顆圓圓的元宵了。」聽起來，好有趣，只是不知得使出多大的力氣才搖得成？

弟弟卻說：「我還是比較喜歡提燈籠。」我想，他是捨不得那燒壞的小燈籠吧？若不是燒掉了，說不定他仍提著燈籠，歡欣鼓舞，四處閒逛去。

媽媽告訴我們：「元宵夜掛燈籠是從漢初開始，唐朝風行。皇上為了誇示天下太平，更是大力倡導人們掛燈籠。明太祖還命百姓從正月八日夜晚就開始掛燈籠。永樂帝時不只百姓掛燈籠、鳴樂，甚至讓妃子、宮女們在正月十五日出宮看花燈。想想，在那個女子不能拋頭露面的年代，有這樣的一個燈節，真是舉國同歡。後來，每年正月私塾開學時，家長會為子女準備一盞燈籠，由老師點亮，象徵學生的前途一片光明，稱為『開燈』。從此演變成元宵節提燈籠的習俗。」

原來是這樣，我家媽媽有學問喔。

多年以後，我已長大也做事了。有一年在臺北，該是元宵節的前夕吧？我走過博愛路的商家，竟然看到有人在「搖元宵」，佇足旁觀的人也很多。這種傳統的民俗技藝恐怕將會逐漸失傳了。我突然想起小時候的元宵節，有多少歡樂的氣氛！如今手足各自成家，爸媽已在天上，我的心中真是悵觸萬端。

記得也曾讀過詞裡的元宵節。如宋．柳永的〈甘州令〉，是這麼寫的：

凍雲深，淑氣淺，寒欺綠野。輕雪伴、早梅飄謝。
豔陽天，正明媚，卻成瀟灑。
玉人歌，畫樓酒，對此景、驟增高價。

賣花巷陌，放燈臺榭。好時節、怎生輕捨？
賴和風，蕩霽靄，廓清良夜。
玉塵鋪，桂華滿，素光裡、更堪遊冶。

寒雲很深，早春的和煦益發顯得淡薄，料峭春寒侵凌了初萌的綠色原野。只見輕雪伴著早謝的梅花一起飄飛零落。豔陽天裡，陽光正明媚，不料忽然細雪飄灑。這情景，也平添了人們對酒聽歌的興致，畫樓酒榭，生意興隆，對著這樣的光景，使價碼更是節節攀升。

深巷中傳來了賣花聲，歌臺舞榭裡華燈初放，更顯得玉樹銀花。這個元宵好佳節，怎肯輕易放過？幸好有和風吹拂而來，蕩滌了雪後的霧靄，讓人有個澄淨的良夜。玉雪平鋪大地，月光灑滿塵寰，在這般皎潔的光色裡，更值得人們盡興的遊樂。

儘管我們這兒沒有雪，也沒有畫樓酒榭；然而月色柔美，親人團聚，孩童提燈籠，一起吃元宵，歡喜的心情是一樣的。

我記憶裡那些個提燈籠的夜晚，都成了生命中最美的印記。

儘管歲月流逝，我還是覺得：提燈籠，慶元宵，佳節永遠是屬於兒童的。

宋・柳永（九八七～一〇五三）

【簡介】

字耆卿。本名三變，字景庄，後改名永。北宋詞人，婉約派最具代表性的人物。仕途坎坷，年近半百才被賜進士，卻因出言不遜，得罪朝官，貶為平民，從此出入名妓花樓，以「白衣卿相」自許，自稱「奉旨填詞柳三變」。

其詞作在當時流傳甚廣，人稱「凡有井水飲處，皆能歌柳詞」，多描繪歌妓生活與城市風光，尤長描寫羈旅離別與歸思之情，刻畫情景交融，音律婉約，對宋詞發展影響深遠。

【文學評價】

北宋陳師道《後山詩話》稱柳詞：「骫骳從俗，天下詠之」。

南宋王灼《碧雞漫志》曰：「淺近卑俗，自成一體，不知書者尤好之。」

南宋陳振孫《直齋書錄解題》評：「耆卿詞格固不高，而音律諧婉，語意妥帖，承平氣象，形容曲盡，尤工於羈旅行役。」

荔枝樹下

荔枝樹下，有我昔日的身影和年少的回憶。

住在南部鄉下時，我家的前庭有一棵荔枝樹。

該也是二、三十年的大樹了，樹型頗美，所結的果更是顆顆碩大紅豔美麗，引人側目。可惜，那些荔枝都酸得難以入口，距離甜美遙不可及。

於是，它成了我窗前的裝飾。

四季蓊鬱，那是美麗的風景。

其實，我們也曾經想法子希望那些荔枝會變甜，看來績效不彰，後來，也就放棄努力了。多年前，母親突然想到要釀荔枝酒。找來一個大甕，撥開雪白的果肉，一層荔枝一層糖，直到接近甕口，然後仔細封存。直待一年或更久以後，瀝出，裝瓶，果然芬芳撲鼻，讓人難忘。可是，問題又來了：誰喝呢？結果，一部分分贈四鄰，一部分待客或為伴手禮。人人喊讚，可惜我們家捧場的不多。那時候，爸爸不喝，我們又還小。長大以後，弟弟妹妹都不喝，我則空有遺傳的好酒量，卻因為體質過敏，更是滴酒也不敢沾了。

記得有一年，讀國中的小弟跟我說：「我們班有人進廠裡的宿舍區來玩，說是看到一棵滿是荔枝的樹，好想偷摘。我一聽，跟他說，那些荔枝都是酸的。」因為，那荔枝樹就種在我們家的院子裡。可是，紅如彤雲，這般的美豔，如何讓人肯相信，它酸得不能下嚥？

對我們來說，荔枝不能吃，也沒有什麼影響，因為後院的果樹更多，有葡萄、芭樂、芒果、龍眼、文旦等等。

鄉下地方，住家的院落寬敞，戶戶栽種幾棵果樹，也是尋常。看來土質很不差，其餘的果樹也都甜美豐收。

我有時到前庭走走，抬頭看那荔枝樹的手姿，長得這麼好，果子卻不能吃，心中不免有幾分奇特的感覺。原來，「不可貌相」，不只用在人的身上，樹亦如此！我也因而受教了。

從此，我小心不被外表所迷惑。即使認識一個人，聽其言，仍要觀其行，那麼，受騙上當的機會也就跟著微小了。

隨著幾度搬遷，最後我們定居在臺北，對於曾經長住的臺南，不免常有記掛。現在，我們的歲數也大了，竟然逐漸向著人生的黃昏靠近，想起往日庭院裡的那些果樹，大概也只能在夢中相逢了。

一日，我讀到宋．程垓的〈水龍吟〉：

夜來風雨匆匆，故園定是花無幾。
愁多怨極，等閒孤負，一年芳意。
柳困花慵，杏青梅小，對人容易。
算好春長在，好花長見，原只是、人憔悴。

回首池南舊事，恨星星、不堪重記。
如今但有，看花老眼，傷時清淚。

不怕逢花瘦，只愁怕、老來風味。
待繁華亂處，留雲借月，也須拚醉。

昨夜的那一場風雨來得太匆促，故鄉園子裡的花肯定所剩無幾了。我因愁太多怨太深而無心遊賞，輕易的辜負了一年中的大好春光。柳樹困倦，桃樹也慵懶，杏樹已長出青青子，梅樹也見小梅子，春色對人太草草容易了。細想，好春能長在，好花能長見，只是人卻憔悴了。

想起從前在家鄉池南的舊事，我恨自己已霜染鬢髮，當年的情景不堪重尋。如今只有一雙隔霧看花的老眼和因感傷而流下的清淚，我並不怕花兒疏減，只是愁怕年老滋味。只想在繁花飄零時，能留住行雲，借得明月，陪我行樂，不惜拚得一醉。

青春易逝，風雨殘花，思鄉懷舊，也是人之常情。

歲月悠悠，此刻，父母都在天上，自釀水果酒也成為生活裡的一種風行，然而，往日荔枝酒的芬芳早已深深埋藏在記憶之中，誰能匹敵？

宋・程垓（生卒年不詳）

【簡介】

字正伯，號書舟，眉山（今屬四川）人。紹熙三年（一一九二年），楊萬里薦以應賢良方正科。有《書舟詞》傳世。

【文學評價】

其詞風受柳永的影響。清人馮煦《蒿庵論詞》稱：「程正伯淒婉綿麗，與草窗所錄《絕妙好詞》家法相近。」

湖景絕美

湖，是大地的眼眸。

眼眸是美，宛如波光盈盈，美不勝收啊。

長大以後的我，有機會四處遨遊，看多了山川之美，各有迷人之處。

如果你再問我，湖的美，在哪裡呢？

美在天光雲影，美在小橋流水，美在鳥鳴花唱，美在四周的林木扶疏。

然而，有時候，更美的，卻是湖中那優游的鵝。

湖的靜態，有一種幽靜的美。卻因為鵝的加入，或白或黑，啄食也好，相互私語也好，成為遊客注目的焦點，也使一整座湖因此而生動活潑了起來。

那一年，我到美國探親，就在住家近處的公園，有個小湖。我帶著吐司去餵食，鵝來、魚也來，它們都樂意親近人們，有一種「民胞物與」的氛圍，那樣和諧的美感與溫暖。

我想，桃花源所揭櫫的，也不過就是這樣的精神吧？

那麼，我們又何必四處去尋覓桃花源，因不可得而感到沮喪呢？我們可以從自己做起，從近處做起，點點滴滴，終究可以蔚為大觀。不必妄自菲薄，也不必灰心絕望，只要能盡其在我，問心無愧，也就是好。

在臺灣，外出拍婚紗照成為風氣，有一年，我在湖畔邂逅了一對新人，大自然替他們證婚，連天上的雲朵飄過，都帶著祝福的微笑呢。而湖畔，也有他們的儷影雙雙。「百年好合」，我也在心裡為他們深自慶賀。居然，連遠處的鵝也來湊熱鬧了，或許，牠們也是好奇的吧？

我喜歡宋．王觀的〈卜算子．送鮑浩然之浙東〉：

水是眼波橫，山是眉峰聚。
欲問行人去那邊？眉眼盈盈處。

才始送春歸，又送君歸去。

若到江南趕上春，千萬和春住。

碧綠的江水，就像佳人流轉的眼波；重疊的青山，也像美人聚攏的眉峰。真想問問那些遠行的人到底要去哪裡？應該是像你一樣，急著要去好山好水的地方吧！

唉！才剛送走了春，如今又要送你回家鄉。朋友，回鄉時，如果還趕得上江南迷人的春色，千萬要住下來和春相隨與相伴。

送別的詩詞多半憂傷，這闋詞在優美裡，雖也夾雜著惆悵，卻是比較輕微的。我想，祝福的意味或許更加濃厚一些吧。

讀這樣的詞，再想到波光盈盈處，那是湖的美，真不免要為之動容了。

宋・王觀（一〇三五～一一〇〇）

【簡介】

字通叟，北宋如皋（今江蘇如皋）人。王安石為開封府試官時，科舉及第。宋仁宗中進士。後歷任大理寺丞、江都知縣等，官至翰林學士。相傳曾奉詔作〈清平樂〉描寫宮廷生活，後高太后以該詞作褻瀆宋神宗而將其罷職。王觀於是自號「逐客」，從此為一介平民。

其詞不出傳統格調，但構思新穎，用詞精妙。著有《維揚芍藥譜》一卷、《詩文集》五十卷、《天鬻子》一卷、《冠柳集》一卷。詞作《卜算子・送鮑浩然之浙東》尤為膾炙人口。

【文學評價】

南宋文人王灼於其詞曲評論文集《碧雞漫志》中評王觀作品：「王逐客才豪，其新麗處與輕狂處，皆足驚人。」

流水落花春去

讀詞，不可能忽略了李後主的作品，他被後人稱譽為「詞中之帝」。

我常想，如果他後來不成為亡國之君，不是階下之囚，沒有國破家亡之痛，他會不會有今天文學藝術上如此崇高的地位呢？

他的詞好，是因為感情誠摯。以三十九歲被俘為界，前期作品旖旎浪漫，多的是歡樂甜美；後期則血淚斑斑，無一不哀痛逾恆。兩者截然有別，前者喜樂，後者傷痛。喜樂不能免於輕淺，傷痛則引發了人間共有的悲情，相形之下，後者深刻多了。

我們來讀他的〈浪淘沙〉：

簾外雨潺潺，春意闌珊。羅衾不耐五更寒。

夢裡不知身是客，一餉貪歡。

獨自莫憑欄，無限江山，別時容易見時難。

流水落花春去也，天上人間！

從夢中醒來，聽著簾外有雨水潺潺的流著，不眠不休，竟然無有止時，這時節已是春意衰殘，多麼讓人感到惆悵啊。絲綢薄被早已抵擋不住五更的風寒。在夢裡，忘記了自己的客居異地，竟彷彿又回到了美麗的江南，重溫充滿了歡樂的歲月。

千萬別獨自憑欄遠眺，面對著那大好的江山，內心的感傷怕也更為深重了。想到當時辭別宗廟家園，何其倉皇，卻又何其輕易啊！今後若要再見，又會是何等的艱難不易啊！看著眼前的流水，負載著飄零的落花悄悄遠去，春天也將跟著消逝了。好想知道春歸何處？到底是天上，還是人間！

這樣的作品由於出自真心，沒有花間詞的矯揉造作和空幻多情。摒棄所有的雕飾，彷彿是從胸臆間流出，更加顯得自然動人。因為清純，沒有世故的偽飾，才能「不失其赤子之心」，格外令人動容。他的思維敏銳，就像一池春水，只要投下一塊小小石頭，水波就會自然向外擴展，境界也跟著擴大了。

讀這樣的詞，讓人心弦為之震顫，久久無法自已。文學藝術的深刻，足以淪肌浹髓，不能忘卻。

國家不幸詩家幸，讓人感慨深矣。

南唐．李煜（九三七～九七八）

【簡介】

或稱李後主，為南唐的末代君主，原名從嘉，字重光，號鐘山隱士、蓮峰居士。在南唐滅亡後被北宋俘虜，政治上一敗塗地，但藝術才華非凡。精通書法，善繪畫，詩與文皆有造詣，以詞的成就最高，被譽為「詞中之帝」，作品千古流傳。

【文學評價】

王國維《人間詞話》評曰：「李重光之詞，神秀也。」、「詞至李後主而眼界始大，感慨遂深，遂變伶工之詞而為士大夫之詞。」

晚清文人劉毓盤評曰：「於富貴時能作富貴語，愁苦時能作愁苦語，無一字不真。」

只是，詩人不寫詩

詩人快遞了一份禮物送我。

什麼樣的禮物呢？兩隻手作的貓頭鷹，可以掛在包包上，或成為手機的吊飾等等。聽憑君意。

她的手巧，會做各式各樣的手工包，大大小小，或揹或挽或拿，不一而足。還有小巧可愛的艾草馨香包，可以避邪保平安。「三姨的手作」，在網路上，也可以看到她的圖文，多半是成品的攝影圖。

她其實是個詩人，我們認識有十多年了，平日多半是打電話或傳電子信。往年她常客氣的寄來賀卡，真是盛情感人。直到我說：「別寄了吧，不太環保呢。」於是，改傳電子卡片，或在電子信上寫幾個字。

她在進入婚姻以後，回歸家庭，寫詩、帶小孩，有一陣子還開了一家小店，店收起來以後，她開始做手藝品，還曾經送我一個可以放書的包，和一個小巧的口金包，很漂亮呢。

得空時，她回南部探望公婆和娘家母親，那綠野平疇裡，有她的青春夢想，公公還在田中植有桑樹，收成時，可以做果醬，釀桑葚酒。她帶回北部，分贈四鄰，人人都說滋味好，還是有機的。

她是個快樂的家庭主婦，後來，孩子也讀大學和研究所了。

沒有想到，一年前她的丈夫突然重病倒下，之後，就是住院手術治療、復健。長期的陪病，生活凌亂失序，卻也什麼都顧不得了。丈夫雖然保住了性命，可是拿的是「重度殘障手冊」，根本無法重回職場。那麼，能不能改由她出去賺錢呢？也不能。因為丈夫必須有人陪伴，無法完全自理，而且也不安全。

她開始做一點網拍，也開始出售她的手作品，因為這些都可以在家裡完成。若需外出，丈夫必須帶著走。

所得並不多，也只是讓尋常日子有些事情可做罷了，也只是想讓親戚朋友們覺得他們還好，不至於太過擔心。

有一天，夜已經深了，我在無意間翻讀到年少時曾經讀過南唐・李煜的〈望江梅〉：

閒夢遠，南國正芳春。

船上管弦江面綠，滿城飛絮輥輕塵，忙殺看花人。

在閒暇裡魂夢悠遠，想南國這時正值芳春季節。船上有管弦奏起，江水一片青碧，這時滿城的飛絮，隨著風四處飄舞，車輪飛轉，揚起了輕塵，可忙壞了那些賞花的人們。

會不會這也是她的心情呢？

她曾經在南方成長、求學，親人故舊也仍在那兒，深藏有多少甜蜜的回憶。

如今，丈夫的健康不如從前，賞花恐怕也毫無興致。

還好，剛畢業的兒子最近順利的找到了工作，至少有一份穩當的收入，以支撐家計。

她真是一個堅強的女子，讓人佩服。

只是，詩人不寫詩，而去做手藝品，我有多麼的不忍。

唉，人生就是這樣吧，有誰真能事事順遂呢？

我想，她必然會漸入佳境的。真心希望，有一天我還能讀到她那美好而雋永的詩作。

後記：三年以後，詩人伉儷來訪。詩人的丈夫健康大有好轉，果真吉人天相，令人歡喜，想來詩人將重拾彩筆可以寫詩了。

我的畫畫朋友

你喜歡畫畫嗎？

我有興趣，可是沒有時間。這樣說，聽起來，也彷彿是藉口。我經常在朋友們面前戲稱：「畫畫在我，是他生未卜此生休啊。」也許是看到我用了太多的時間在文字的創作上，因此朋友們對我的畫畫一事，也就不那麼要求了。

非常久遠以前了，我曾用白報紙做了一本剪貼本，的確非常的樸素，看了看，又嫌那封面毫無顏彩，很單調，也不美。於是，我找了學美術，也同在國中教書的她，來替我的剪貼本封面塗抹一番。結果她畫了一整排有著各種不同姿態的鳥兒，美麗而且逗趣，我很喜歡。

在那個沒有電腦的年代，剪貼本常發揮了很大的收集用處。每回我剪貼自己的文章時，總要想起她，心裡充滿了感謝。

有一陣子，她還另外找老師學國畫，很認真。由於媽媽也認識她，特地送了她一條小薄毯，可以墊在畫紙的下面，方便她作畫。後來她回送了媽媽一幅她手繪的紫藤花，還客氣的裱框後，親自送來。

媽媽把那幅畫掛在臥房的牆上，真是蓬蓽生輝。我想，媽媽也很喜歡那幅畫吧。

許多年以後，家父母年歲大了，相繼辭世，於是，我把那幅畫拿來，就掛在我家將進門的樓梯間牆上，無論我外出或回來，都會看到那幅美麗的畫，心中很覺得歡喜。

奇怪的是，近來卻聽說她不再畫畫了。

為什麼呢？我再三的追問，原來是她對自己沒有信心。

可是，我早已定居臺北多年，她住在臺南。相距如此遠，想好好談，也不太有機會。

最近，我送了一本散文書給她，她很喜歡，立刻讀了大半。文學和繪畫的關係密切，文學也一直是繪畫的內涵。她打電話跟我道謝時，我又舊事重提，力勸她，要持續的畫。

世上固然沒有白吃的午餐，但是也不會有白流的汗水。我說了許久，她終於答應要嘗試著再畫。有多少人喜歡繪畫，可是未必有基礎，得找老師跟著學，從無到有，也並不是那麼輕易可為的。而她則只是重拾舊筆而已，畢竟是科班出身，原本就有著很不錯的根柢，只要肯下功夫，勤加練習，一定可以看到佳績的。

可惜，到底我不是住在她家的近處，無法時時或耳提面命或大敲邊鼓，真心希望她能自我鞭策，成績一定大有可觀。

我們相識時，是在彼此的青春年華裡，如今那也已經是遙遠以前的事了。一日，我讀到宋．黃庭堅的〈清平樂．晚春〉：

春歸何處？寂寞無行路。
若有人知春去處，喚取歸來同住。

春無蹤跡誰知，除非問取黃鸝。
百囀無人能解，因風飛過薔薇。

春去到了何方？到處一片沉寂不見歸路。如果有人知道春的蹤跡，快喚它回來與我們同住。

春已杳然，無人知其蹤影，除非向黃鸝打聽消息。黃鸝百囀千鳴，卻沒有誰能領會，由於風起，牠便飛過薔薇遠去。

也的確屬於我們生命的春天已經逐漸走遠，也唯有詩人這般多情，「若有人知春去處，喚取歸來同住。」一如此殷勤召喚，何其感人！

而我們呢？縱使韶華已逝，更要活在當下。

祝福我的好朋友在繪畫上，每天都能有進步。一顆上進的心，有所寄託，一定可以讓人更加神采飛揚。尤其，能擁有一個更為豐美的人生，不讓韶華虛度，又是多麼的有意義。

宋・黃庭堅（一〇四五～一一〇五）

【簡介】

字魯直，號山谷道人，晚號涪翁，擅文章、詩詞，尤工書法，與張耒、晁補之、秦觀並稱「蘇門四學士」。其詩名尤盛，詩與蘇軾並稱「蘇黃」，詩作風格主張借襲古人章句以創新意，影響後世深遠，為江西詩派開山之祖，有《豫章黃先生文集》、《山谷琴趣外篇》。詞與秦觀齊名，晚年詞作接近蘇軾，詞風深於感慨，豪放秀逸。

其書法別樹一格，擅行書、草書，尤擅草書，與蘇軾、米芾、蔡襄並稱「宋四家」。「宋四家」都以行書見長，但只有黃庭堅的草書藝術成就高。其遇紙即書，直到紙盡為止，所以他的草書不為舊規矩所束縛。被視為繼懷素、張旭之後，宋代最重要的草書大家。

【文學評價】

宋朝朱弁《曲洧舊聞》曰：「東坡文章至黃州以後，人莫能及，唯黃魯直詩時可以抗衡。」

晁補之云：「魯直間作小詞固高妙，然不是當行家語，自是著腔子唱好詩。」

傾聽相思

原來，相思是會成長的，日夜不停，於是，從小樹苗到大樹，從萌芽初發到遮天蔽地。

相思樹的葉子狹長，如刀，可以將那名字刻了又刻，直到無法遺忘為止。每年的四到六月間，它會開著燦亮的小黃花，像焰火，也像情人的眼眸。

一夜，讀南唐．馮延巳的〈鵲踏枝〉：

蕭索清秋珠淚墜，枕簟微涼，展轉渾無寐。
殘酒欲醒中夜起，月明如練天如水。

階下寒聲啼絡緯，庭樹金風，悄悄重門閉。
可惜舊歡攜手地，思量一夕成憔悴。

在蕭索淒清的秋日，淚珠紛紛飄落，枕塾之上，感到微有涼意，讓人輾轉反側，竟至一夜無眠。殘酒將醒，就在半夜裡披衣而起，只見月明如練，夜空如水。階下的絡緯，在寒夜中啼聲淒涼，秋風吹向庭樹，寂靜裡只見重門緊閉。讓人痛惜的是，憶念起當年和舊歡一起攜手的地方，一夜的反覆思量，竟讓人變得如此憔悴。

唉，傷心人果真別有懷抱……

我曾在無意間發現相思樹是很好的木炭，名為「相思炭」。那麼，當年遍植相思樹，或許有些也著眼於這樣的經濟效益吧。沒有想到，後來有瓦斯的替代，乾淨、省事，也便捷太多了，難怪木炭會沒落，再也乏人問津，沒有行情了。相思樹除了觀賞、遮陽，不見有其他更好的收益了。

相思樹，是大的常綠喬木，仍是美麗的樹。在校園裡，在道路旁，都有它的蹤跡。山上，可防風造林，相思樹繁衍著家族，數目龐大，也讓山形更為美麗。

我的朋友住處面對著大屯山，開窗，就可以看到滿眼的綠意盎然，問他，他說：「青山，總是這樣的啊！」他不知也有光禿禿的山，極為醜陋怪異，令人厭惡。大屯山也植有相思林，難怪那深深淺淺的綠，是如此的迷人了。

好多年前，東海大學也曾植有大片的相思林，後來校方曾決定加以砍伐，這事還上了當年的新聞版面，鬧得沸沸揚揚。或許是因為立場的不同吧？校方有他的考量，學生們也會有他們的想法，有時候總難免會有衝突發生，是很難兩全其美的。

大學的校園裡，樹多，成為美麗的校景。學生們走來走去，在教室裡求知，在校園裡接受自然的薰陶，都屬於教育的範疇。中外的許多名校，不只歷史悠久，大師眾多，連校園也宛如植物園呢。

秋涼如水，夜晚的山上，山風也大，傾聽相思，竟然也波動如濤，不斷拍打著我記憶的岸。

縱想放下，然而如影隨形，在不捨裡，明知將終身纏縛，也唯有黯然默認了。

南唐・馮延巳（九〇三～九六〇）

【簡介】

南唐詞人，又名延嗣，字正中，五代廣陵（今江蘇省揚州市）人。仕於南唐烈祖、中主二朝，三度入相，官終太子太傅，卒謚忠肅。他的詞多寫閒情逸致，文人的氣息很濃，對北宋初期的詞人有比較大的影響。宋初《釣磯立談》評其「學問淵博，文章穎發，辯說縱橫」，其詞集名《陽春集》。

【文學評價】

《釣磯立談》記載孫晟曾經當面指責馮延巳：「君常輕我，我知之矣。文章不如君也，技藝不如君也，詼諧不如君也。」陸游《南唐書・馮延巳傳》記載孫晟的話是：「鴻筆藻麗，十生不及君；詼諧歌酒，百生不及君；諂媚險詐，累劫不及君。」兩處記載，意思相似。看來馮延巳確實多才藝，善文章，詼諧幽默。又據《釣磯立談》記載，馮延巳特別能言善辯。他「辯說縱橫，如傾懸河暴雨，聽之不覺膝席而屢前，使人忘寢與食」。他又工書法，《佩文齋書畫譜》列舉南唐十九位書法家的名字，其中就有馮延巳的大名。他的詩也寫得工致，但流傳下來的僅有一首。不過馮延巳最著名最有成就的，還是詞。

聚散依依

年少的時候，我以為，眼前的幸福必然長長久久，一家和樂，父母不會老去，生活平安，手足都會在身旁。

長大以後，我才深深領會：世上沒有永遠，人生如此無常，誰也無法拒絕老病和死去。手足終將各自成家，分枝開葉，散於四方。

在我們的一生裡，有聚就會有散，然而散了以後，卻不知將聚於何方？年紀越大，這樣的感觸越深。

那樣的心情，有幾分像南唐．馮延巳的〈歸自謠〉：

寒山碧，江上何人吹玉笛？扁舟遠送瀟湘客。

蘆花千里霜月白。傷行色，來朝便是關山隔。

寒秋的山仍帶著青碧，不知江上何人在吹著玉笛呢？一葉小舟，漸行漸遠，載著客人行向遙遠的瀟湘。

千里蘆花，在霜月的照映下，一片空闊蒼白。朋友就要離別了，多麼讓人感傷，想到明朝，已是關山遙隔。

友朋間的別情，是如此令人黯然。

所以，我以珍惜的心情，來善待今生有緣相遇的每一個人。即使只有一照面的機緣，我也盡可能以禮相待。我以為，能做到這樣，那麼有一天，必須面對分離時，或許可以不會那麼哀傷吧。然而，帶著不捨和祝福，我依舊是惆悵的。只是，希望我的心中沒有遺憾。

我們的一生中，總有太多的相聚和別離，一次又一次，我也慢慢學會讓自己堅強起來。

教了很久的書，幾乎年年都有認識的學生畢業了，寫紀念冊上的祝福語，收到各式各樣的畢業生送的禮物，或許那其中也有學生們的謝意吧。禮物太多了，有點喧賓奪主，竟然讓我覺得，彷彿我才是那被歡送畢業的人。年年，我在驪歌聲中黯然神傷。學生們則歡天喜地的告別國中生活，走入新的學校，開啟新的學習契機。他們也會有惆悵嗎？似乎看不出來。年輕真好，韶光仍在手中，未來，多的是美景可期。

一直到我走向了人生的黃昏。

長大以後的學生，在各行各業嶄露頭角，工作多年，也逐漸向著中年靠攏。他們想起年少的歲月，開始積極的透過各種管道，如網路、臉書、部落格，和我取得聯繫。我先上網和他們相會，然後，我貼出一篇篇和他們有關的文章。他們一定想不到，我寫下了當年相處時光中的點點滴滴和往後對他們的種種思念，文字是有魔力的，感染之下，很多人為之動容。

我還看到了一個熟悉的名字。我記得當年她還是個小女生時，是坐在前面的位子。有一次，我跟她說，「我媽的名字跟妳一樣。」害羞的小女生表情好特別。那真是個好名字，我也因此記住了她。別後這麼多年，她都好嗎？

我們很高興還能相逢，他們早已成家立業，我則塵滿面，鬢如霜。當黑夜即將掩襲而至，我終究看到了晚霞的繽紛燦爛。

昔日曾經結下的諸多善緣，終於結出了美麗的果子，顆顆飽滿甜美，多麼讓人難忘。

他們還不斷的提起當年課堂上的種種趣事，隔著歲月的長流，時光的篩子早已濾去了許多雜質，留下來的，都是熠耀生輝的美好記憶。

我笑了笑，歲月果然隱藏著奧祕，它讓我們遺忘了那些幽微的傷痛，卻讓我們記得許多的甜蜜。

是這樣，我們才更有勇氣迎向生命的挑戰。不是嗎？或許，這就是上天給予我們最大的祝福了。

哀傷裡的祝福

近日，有朋友在無意中提到妳，說妳已故去。

我大驚，「什麼時候的事？生病嗎？」

「好像是去年。乳癌。」

「乳癌只要及早發現，都可能治癒的。難道是發現得太晚了嗎？乳癌的存活率很高，何況標靶藥物已經出現了。」可是，如果人都走了，我說這些又有什麼用呢？

我上臉書搜尋，只見有一張二〇一三年十二月五日的合照，那時候，妳已清瘦不少，有人回應驚呼「瘦太多了」，想那時妳已病了。

妳從來聰慧能幹，書讀得好，也做了很多事，得過「十傑」，可見妳的優秀有目共睹。還寫了不少書，文字清新，很得讀者的喜愛。

我想，我們認識有二十多年了吧？好像是後來妳出書，和我是在同一家出版社。我跟編輯問出了妳的電話，主動和妳取得連繫，因此相熟，卻不曾見面。

每當想起妳時，我就打一通電話給妳，在電話裡說說，也頗能盡興，彷彿我們早已熟稔多年；有時候妳不在，說是下班後直接到健身房運動，妳其實比我們更重視一己的健康。

有一次，我們在電話裡談及一個相熟朋友在福華飯店的婚宴，原來我們都曾參加，卻不知對方去了，因此擦肩而過，不曾把臂言歡。妳說，妳穿了紅色的套裝，我的確看到了紅衣女郎擔任招待，我哪知那就是妳？根本就沒有細看，更遑論前去相認？妳說：「太可惜了，這麼好的機會！」也的確是。我心中倒覺得遲早會見面的，卻不知人生如此無常。

妳的個性平和，說話也直，待人很真。有一次，我的好朋友丈夫出了車禍去世，對方是個無照駕駛的女子，急需找律師請教。妳得知後，推薦了妳的大學同學。妳原是讀法律的，只是後來的工作距離法律的實務比較遠。妳的律師同學給了很好的建言和安慰，多麼令人感激。

有時候，我們也說：「找機會，見個面吧！」電話裡也說了好多年了，只欠會上一面。或許只是說說，兩個人都不積極，終究落空。

這樣的錯失，妳覺得遺憾嗎？我很遺憾。

這幾年，我捲入了不斷出書的忙碌之中，和妳聯絡的機會不多。我也相信妳很忙，表現一定更加卓越；我竟然不知妳生了重病，還因此殞落。

很傷心，失去了一個這樣出色而有真性情的朋友，損失真是難以估量。

宋·柳永的〈訴衷情近〉，這麼寫著：

雨晴氣爽，竚立江樓望處。澄明遠水生光，重疊暮山聳翠。
遙認斷橋幽徑，隱隱漁村，向晚孤煙起。

殘陽裡。脈脈朱闌靜倚。黯然情緒，未飲先如醉。愁無際。
暮雲過了，秋光老盡，故人千里。竟日空凝睇。

雨後天晴氣爽，我在江樓久久佇立眺望。遠處的江水顯得十分澄明，在斜陽下閃著粼粼的波光，重重疊疊的山嶺聳立在暮色之中，一片蒼翠。遠遠的，我認出了曾經走過的斷橋和幽徑，以及若隱若現的漁村，傍晚時候，只見一縷孤煙緩緩升起。

在殘陽裡。我默默的靜倚朱闌。黯然神傷，酒還未飲，心先如醉。啊，暮雲過了，秋光老去，心中的愁緒無邊。我只能整日凝眸，深深思念那遠在千里之外的故人。

多麼令人黯然神傷。

想起妳比我們都要年輕，竟然提前遠離了人生的宴席，怎麼會這樣？

此刻的妳，已經在天上俯看著紅塵的我們了，妳不會再有苦痛和罣礙了，相信一定是更快樂自在的。

只有等待

她出生在一個窮苦的家庭，連衣食的溫飽都不足。其實，那時候整個的大環境不好，尋常人家都過著拮据的生活。經濟還沒有起飛，國家財政依舊困難重重。父母既然養不起她，於是決定出養。她在童年的時候就被送走，成為養女。養母未必疼她，可是還是讓她讀了小學，粗略識字。小學畢業後，就要外出工作賺錢，薪水全歸養母。

她任勞任怨，什麼事都願意做，什麼苦都獨自嚥下。她知道她的命就是這樣，那麼，除了承擔，也無話可說。在人前，她是歡笑的，說幽默的話，把快樂帶給大家。夜晚時，她默默的自習，讀一些課外的書，如小說等等。閱讀，撫平了她心中的創痕，也帶給了她更多的安慰和鼓舞。

每個人都應該努力，而不是妄自菲薄。不是嗎？

她特別喜歡宋．蕭泰來的〈霜天曉角．梅〉：

千霜萬雪，受盡寒磨折。

賴是生來瘦硬，渾不怕、角吹徹。

清絕，影也別，知心惟有月。

原沒春風情性，如何共、海棠說。

經歷過千霜萬雪，受盡了酷寒的折磨。然而天生清瘦堅強，渾然不怕那冬夜裡，清角吹起，寒意徹骨。

姿容的優雅清麗，旁人難以企及，連疏影也不同於流俗，知音唯有天邊的明月。她原沒有春風的情性，然而，又該如何向海棠訴說一己孤高的心境呢？

嚴冬的時刻，當漫天都是霜雪，眾花早已凋零，卻只有梅仍然衝霜犯雪，無視所有艱難的處境，絲毫也不肯屈服。即使春風吹來，喚醒了萬紫千紅，它依舊有著屬於自己的風采，那海棠又如何能和她分庭抗禮呢？

她真心希望自己是一株梅，也時時拿這闋詞來勉勵自己，要能不畏風寒，越冷越開花。

可是，她也一直記得，在很小的時候，原生家庭裡哥哥對她的好，抱她、陪她、逗她……儘管時日隔得遙遠，讓記憶顯得有一些模糊，可是，那樣的疼愛卻是溫暖的。

她緊緊擁抱著回憶裡的溫暖，讓她順利的度過那些灰敗寒涼的日子。畢竟有個哥哥疼愛過她，她並不是生來就被遺棄的。

她長大了，也結婚了。很多年以後，養父母也相繼過世了。她從來不曾放棄尋找哥哥，依循著戶口名簿的遷移來追蹤，找了好久，好不容易給找到了。生父母已逝，哥哥仍在，她幾乎歡喜得落淚。

於是，她迫不及待的前往探望。

滿心歡喜的她，面對的是哥哥的冷淡。

哥哥堅持她是詐騙集團的成員，絕不肯相認。哥哥說，他完全不記得他曾經有過一個妹妹。

不論她怎麼說，費盡唇舌，哥哥就是不信。即使她願意提出證明文件，哥哥也認為，那只是偽造。

怎麼會這樣呢？她只得在無奈中傷心的離去。

她的兒女各個有成，絕不辱沒家門，可是哥哥卻怎麼說都不願意相認。

很久以後，她在反覆的思量裡，才終於釋懷。

到底分別的歲月太長，那時，她還是個小小孩，如今都中年了呢。或許長大後的哥哥，歷經人間冷暖，加以生活的境遇不佳，也或許哥哥遭遇坎坷，再不相信人間有善意？

於是，哥哥寧可選擇迴避，堅稱他沒有妹妹，也免得彼此難堪。

是這樣子嗎？可憐的哥哥！

看來，她只有等待。

希望在耐心的等待之後，她能盼得到一個圓滿的結局。

宋・蕭泰來（生卒年不詳）

【簡介】

字則陽，號小山，臨江〈今屬江西〉人，紹定二年〈一二二九年〉進士，曾為理宗時御史。

永遠的美少女

終於見到她了，我們分別有三十多年了吧？

我很少參加畢業學生的同學會。一方面我的生活安靜，需要思考，而閱讀和寫作都花費了我太多的力氣；一方面我深居簡出，不太出現在熱鬧的場合，久了，也幾乎與之絕緣。追究起來，或許是我很能自得其樂，對自己簡樸的生活也一向安之若素。

可是，這是一班我很喜歡的學生，找個機會，請他們來我家聊天。

果然，全都是歡聲笑語。人人都很興奮。

談昨日，說現今。他們都長大了，我也幾乎走到了人生向晚。

當年在課堂上相遇時，我年輕而他們稚嫩。才十三、四歲的他們，睜著晶晶亮亮的眸子，正好奇的觀看，想要探索這個世界。真像是夏日窗外含苞正待綻放的荷花，他們都會有美麗的未來，只是那個時候一切都尚未揭曉。

幾十年來，我們都各有各的忙碌，多麼高興又能相逢。果然每個人的表現都出色。更好的是，大家都堂堂正正，有為有守。我們都是蒙受上天眷顧的人，都走在一條更好的路上，享有內心的平安。

吱吱喳喳，人人都在說話。多麼難得啊，可以齊聚一堂。且珍惜此刻的歡喜，因為不是時時都有。

我記得，南唐．馮延巳的〈醉花間〉：

晴雪小園春未到，池邊梅自早。
高樹鵲銜巢，斜月明寒草。

山川風景好，自古金陵道。少年看卻老。
相逢莫厭醉金杯，別離多，歡會少。

天已放晴，小園的雪尚未消融，春還沒有來到，池邊的梅樹卻早已開花。喜鵲銜枝在高高的樹上築巢，斜月卻照亮了寒草。

自古以來的金陵道，從來山水風光都好。眼看著年少的人已然變老。相逢時莫厭金杯醉酒，只因別離多而歡會少。

此地沒有雪，也少見梅花，但我們對歡會也一樣有著珍惜的心情……

當我一個不小心，說她是「資深美少女」時，她立刻白了我一眼，嬌嗔的說：「我是美少女，從來不說『資深』二字！」

是的，美少女，是我一時不察。

呵呵，如果大作家廖玉蕙都可以自比「公主」，還著書立說《五十歲的公主》，那麼，她信誓旦旦，自稱「美少女」，誰說不宜？

美少女，當然打扮符合稱謂，長髮披肩，身穿米與咖啡兩色的大斜紋上衣、超迷你短裙，看起來，好像要去跳舞，只不知誰會是她的舞伴？大帥哥？一定是的啦。

我在恍惚裡，居然沒有聽到是否還有其他的起鬨聲？卻聽到她自信滿滿的說：「我自從年過十八，就此停留。年年十八歲，再也不會增長了。」是她留住了歲月，還是上天特別厚愛她呢？

看她蹦蹦跳跳，活力無限，加上輕顰淺笑，忒煞迷人！何況，每啟櫻桃小口，就如同添了蜜糖，盛讚了在座的每一個人，不論長輩或平輩，女士或男士，舉座皆歡，還真是有她的一套呢。

永遠的美少女，我會千萬記得，以免下次又一個不留意，隨意說說，惹得妳烏雲上了臉。

卷二

無情明月，有情歸夢

若有人知春去處

這兩個月來，每次她到我家，總是淚流不已。

彷彿除了落淚，除了哽咽訴說，再沒有其他。

我真擔心她得了「憂鬱症」。

她落淚，她哽咽，全都是為了那個男人，男人又跟她說，他要離去。

「為什麼？」他們在一起兩年了。

總要有個理由吧？可是他什麼也不說。為什麼不說呢？是因為已經決定離開，所以不說也罷？

他的確曾經離開過。可是，到那時，她才發現自己不能沒有他，千求萬求，求他回來。他是回來了，可是曾經離去的感情是不是也跟著回來呢？

好像沒有。這是她流淚的原因。

他對她展開追求的時候，她並沒有放在心上。那時候，她有一個外國朋友。這件事，他也知道的；然而愛情的攻勢並沒有因此減緩，他體貼接送，他下廚做餐，他為她做所有的事。

遠距離的愛，到底維持不易，後來結束了，於是他們在一起。

日子是甜蜜的，卻怎麼要分手了？她完全無法理解。偏偏他也不說。

難道這是他的報復嗎？就等到她陷落到這份感情的深淵，無法自拔時，他要離開？……

我卻以為，事情不是這樣的簡單。要分手，也不可能毫無因素，她不能了解，也是因為她習焉不察。

她認為自己一無錯處，果真是這樣嗎？她檢討過了嗎？她的個性會不會有問題？價值觀呢？用錢的態度呢？如何待人接物的？

每一個環節，都可能衍生出極大的差異，終究會漸行漸遠。

也許那個男人在仔細衡量之後，他知道真正進入婚姻之後，倘若反悔就更麻煩了。寧可在婚前想清楚，這樣一個女子，足以讓他心甘情願的「執子之手，與子偕老」嗎？

婚姻的路程漫長，沒有人知道是否會遇到暴風雨，到那時，能否「風雨同舟，夫妻同心」呢？共患難，說來容易，堅持到底，那可是需要有多大的勇氣啊！

她的陷溺，一片迷亂，讓人很難勸說。有時狀若歇斯底里，毫無理性可言，又有什麼話聽得進去呢？

如果是這樣的「理還亂」，倒不如放下吧。另起爐灶，重新開始，會不會是比較好的選擇呢？

感情，是需要珍惜的。一旦出現了裂痕，彌補又哪裡會是容易的呢？除非兩個人都有同樣的共識，願意重修舊好，否則簡直沒有成功的可能。

放下吧，我真想這樣對她說。

相信此刻她的心境不可能好。會不會也像宋．張先的〈青門引〉：

乍暖還清冷，風雨晚來方定。

庭前寂寞近清明，殘花中酒，又是去年病。
樓頭畫角風吹醒，入夜重門靜。
那堪更被明月，隔牆送過鞦韆影。

在乍暖還寒的天氣，直到黃昏，風雨才稍作止歇。園子裡，一片寂靜，時節已快到清明。不忍見花兒殘敗殆盡，愁懷醉飲，心情宛如去年一樣低落。城頭上淒厲的畫角又被風聲給吹揚了，夜深時候，重門早已深鎖，周遭總是靜謐。隔著牆，哪堪那明月給送來了隔壁人家鞦韆的投影。

殘春病酒，加以夜不能寐，思念起往日的歡愉，更是情何以堪？

然而，如果對方堅持離開，其實大勢已去。

與其苦苦的想要挽回，不惜踐踏自尊，那又何必呢？

祝福她有一個更美的春天。但是必須先要抹去淚痕，綻放微笑，才看得到更繽紛的風景。

倘若知道春的去處，趕上春，請千萬和春住，莫遲疑。

宋・張先（九九〇～一〇七八）

【簡介】

字子野，詞以小令為主，詞風含蓄雅正，意象繁富，在詞的體制從小令向慢詞的過渡中，於北宋詞壇開風氣之先，與柳永齊名。其詞作〈行香子〉有「心中事，眼中淚，意中人」之句，當時人們替他取了別名為「張三中」，因有詩句「雲破月來花弄影」、「浮萍破處見山影」、「隔牆送過鞦韆影」之句，自號「張三影」。

【文學評價】

張先寫「眼前景，身邊事」，創造不少抒情寫景名句，提高詞的藝術品味。創作的慢詞，對慢詞的藝術發展產生影響。自此，詞與詩同樣具有表現創作者自我生活與心靈世界的功能。

明朝楊慎於《詞品》稱張先詞作〈繫裙腰〉「詞穠薄而意優柔，亦柳永之流也」。

清末詞家陳廷焯云：「張子野詞，古今一大轉移也。前此則為晏歐、為溫韋，體段雖具，聲色未開；後此則為秦柳、為蘇辛、為美成白石，發揚蹈厲，氣局一新，而古意漸失。子野適得其中。」

《詞學通論》中引吳梅評價稱：「子野上結晏、歐之局，下開蘇秦之先，在北宋諸家中適得其平，有含蓄處，亦有發越處。但含蓄不似溫、韋，發越亦不似豪蘇膩柳。規模既正，氣格亦古，非諸家能及也。」

掬一把幸福

追求幸福，是需要努力的。

小雲善良美麗。有個認識多年的男友，可是由於父母反對激烈，個性溫婉的她不敢力爭，婚事便也暫且擱著。

幾年前，她的父親突然中風住院，母親無力照料，她只好離職，親力親為去陪病，以及後來的長期復健。春去秋來，幾年以後，父親終於康復了，她便留在家裡做家事，每個月父親給她一萬五，算是薪水吧。

我曾經問她，「對自己的未來有什麼打算？如果少了這一萬五，跟男朋友結婚，生活會有問題嗎？」

她說：「這一萬五是用來支付保險，必須要有。男朋友每個月賺的薪資不多，經濟上是吃緊的。」

我說：「既然他是個司機，要不要考慮就當個計程車司機，辛苦一點，月入五六萬，也是不難的。你們結婚，妳可以照顧他的生活，收入更多，還可以存起來，以備未來所需。」

她卻欲言又止：「我們也想過，可是買車要錢，目前會有困難。」

我很驚訝：「你們的積蓄不夠買一輛車嗎？還差多少呢？」

她說：「我跟男友說，不要那麼辛苦，身體重要。」

我不知道她是怎麼想的？如果得過且過，她將永遠無法脫離父母的掌控，也不能和男友共結連理，難道她希望一直過著眼前的日子，卻不為自己的終身做打算？而且，男友肯永遠這樣生活下去，將來老病，又該怎麼辦？

如今的分居兩處，難道不思念嗎？

會不會也如同明．劉基的〈眼兒媚．秋閨，一作「秋思」〉：

萋萋芳草小樓西，雲壓雁聲低。

兩行疏柳，一絲殘照，萬點鴉棲。

春山碧樹秋重綠，人在武陵溪。

無情明月，有情歸夢，同到幽閨。

小樓西邊一片芳草萋萋，厚重的雲層壓雁低飛，聲音更顯得淒清。眼前所見，有兩行疏柳，一抹殘陽，萬點歸鴉。

春山碧樹，到了秋天更顯翠綠，心中所繫念的人仍留在武陵溪。無情的明月，有情的歸夢，一起都來到了深閨。

圓滿是期待，若只能在夢中團圓，縱使夢裡情意殷殷，醒來又如何呢？難道不是加倍的淒涼嗎？

如果父母疼她，在錢財上有所挹注和祝福，那另當別論。只是，顯然她必須自求多福，我以為，她最好能仔細思量，以謀對策。

賺錢沒有不辛苦的。可是能為一個美麗的未來，能和心愛的人在一起，辛苦也很值得。何況，年輕力壯時，不就應該為年老時未雨綢繆嗎？只要積存足夠的錢，就比較可以輕鬆以待。

我們很難要求別人的協助，靠自己，才是最好的。

一定要努力，如果我們不努力，卻抱怨別人不照顧自己的生活，這話說得過去嗎？

小雲和她的男友基本上都是樸素、務實的人，認識都這麼久了，我真心希望他們有個美好的明天，那麼，今天就要認真的工作，以勤奮不歇，來打造舒適圓滿的未來，其實是很值得的。

追求幸福，也是需要勇氣。

不能一無打算，也不該得過且過，人生是你的，更應該細細思量，好好的珍惜和掌握，才不致辜負了人生的這一遭。

明・劉基（一三一一～一三七五）

【簡介】

字伯溫，浙江省青田縣人，南宋抗金將領劉光世的後人。

元末明初軍事家、政治家及詩人，通經史、曉天文、精兵法。

他以輔佐明太祖朱元璋完成帝業、開創明朝並保持國家安定，因而馳名天下，被後人比為諸葛武侯。朱元璋多次稱劉基為：「吾之子房也。」授資善大夫、上護軍，封誠意伯。正德時追贈太師，諡文成。

【文學評價】

和宋濂、方孝儒合稱「明初散文三大家」，亦和宋濂、高啓合稱「明初詩文三大家」。

暗夜裡的情人

當初戀情人出現時，隔著漫長的歲月，她其實從來不曾忘過他。很快的，他們就試著考慮有沒有在一起的可能。

她的情形簡單，目前單身。丈夫在五年前死於意外，還她自由之身。兒女也大了，不勞她費心。

他比較麻煩，仍有家室。

他提出要求，這份感情不能公開。顯然他無法給她任何的名分，而且他的社會形象好，是醫生。別人都認為他是好丈夫好爸爸，他無意放棄這既有的一切。

可是，她怎麼辦呢？就這樣嗎，不明不白的？

這個問題，她思索過很久，很難拿個主意。今天想定了，明天卻又推翻。朝令夕改，也可以想見她心中的徬徨。

她問過幾個閨中密友，問跟不問都是一樣的，因為莫衷一是，還是沒有辦法決定。

有一次，她來問我，我說：「妳必須自己決定。只要心甘情願，也就無話可說。如果是我，我不肯。」

我的確是這麼想的。何苦成為小三？只能活在天黑之後，見不得光的感情，何須這般委屈自己呢？何況，她不夠厲害，善良，恐怕更成了這段感情的致命傷。

他們青梅竹馬的長大，高三時，她遭逢家變，無力升學，只好選擇就業之途，成為百貨公司專櫃的化妝品小姐，賺錢養家，讓哥哥弟弟可以繼續升學。

她覺得自己也談不上什麼犧牲，這個家總要有個人來撐。

男朋友則繼續升學，讀了醫學系，順理成章的當了醫生。她知道男方的父母對她的學歷是有意見的，她也自認高攀不上，於是雙方分手。他們搬到臺南，離開了臺北。

她是美麗的，君子好逑，也嫁了一個做生意的人，經濟狀況佳，過了幾年好日子。直到丈夫涉賭，家道因此中落，後來丈夫死了，所有的生意也都收了起來，積蓄也還是有的，日子依舊過得去。孩子大了，未來該靠他們自己來認真打拚。富家多嬌兒，也未必是好。

開同學會時，她去了，閒著也是閒著，出來透透氣吧？沒想到他也來了。這樣的重逢，雙方都有屬於自己的人生歷練，山山水水行過，真的也像是一場夢。

於是說話，於是再約說話……直把分別的三十年歲月都說盡了。兩個人的父母都已辭世，自己的人生，總該可以自己作主了吧？

他們約了看電影，彷彿重返往日時光。可是，沒有誰能真的再回到從前，那樣的青春飛揚，那樣的單純清新，生命裡都只有珍貴的一段啊。韶華不能重返，曾經有過的愛戀，能夠重拾嗎？

不同的心境，不同的年月，她清楚的知道，她其實是回不去的。

也許，就留下思念吧。

一如宋・范仲淹的〈御街行・懷舊〉：

紛紛墜葉飄香砌，夜寂靜，寒聲碎。
真珠簾卷玉樓空，天淡銀河垂地。
年年今夜，月華如練，長是人千里。

愁腸已斷無由醉，酒未到，先成淚。
殘燈明滅枕頭攲，諳盡孤眠滋味。
都來此事，眉間心上，無計相迴避。

落葉紛飛，飄向了有凋零花瓣散發著芬芳的臺階，寒夜寂靜，只聽見風吹葉落，颯颯聲碎。珠簾高捲，樓空人去，天色清明，銀河垂向了遠地。年年今夜，月光有如白練，可是人卻長期遙隔千里。

愁腸已斷，無法再飲，都還沒有入口，就先已成淚。深夜裡，只見油燈將盡，閃爍不定，我斜靠著枕，嘗盡孤眠滋味。看來這離愁別怨，無論是在眉間還是心上，竟都無法迴避。

相思是苦。

她問自己：真的同意去當一個暗夜的情人嗎？見不得光，沒有敬重，只有鄙夷，她真的可以接受，而沒有怨尤嗎？

還是放手吧！

當她願意放手，她也給了自己一個更寬闊的明天，她可以走在陽光之下，抬頭挺胸，問心無愧，不曾對不起任何人。

她還是要再想一想，怎麼做，可以更坦然自在，怎樣的決定，才是自己真心想要的？

人生行路，所謂的抉擇，也只在「甘願」二字吧！

宋・范仲淹（九八九～一〇五二）

【簡介】

是北宋政治家、文學家、軍事家、教育家，文學素養極高，《宋史・范仲淹傳》裡說他「通六經、長於易」，所寫的《岳陽樓記》更有「先天下之憂而憂，後天下之樂而樂」名句流傳千古。

范仲淹留下來的詞不多，多是邊塞鄉關抒發個人悲涼懷抱之作，卻已大大突破了詞僅限於男女風月的界線，更為後來的蘇軾、辛棄疾開拓了詞豪放壯闊的境界格局。

【文學評價】

學者陳弘治所著《唐宋詞名作賞析》一書指其詞「有『柔情』與『麗語』，也有『遒勁骨力』與『排蕩之勢』，實兼長婉約與豪放的兩種風格。」

學者王易《詞曲史》評：「至范仲淹，更不限於綺情，並兼氣勢揮灑、議論宏肆之長矣。其御街行、蘇幕遮，情語入妙；而一觀其漁家傲，則又極駘宕之致；剔銀燈，更議論慷慨，導蘇辛之先路矣。」

幽夢花影

她居然差一點就成了別人眼中的「小三」。

她和湯家豪是同事，在同一個辦公室。由於工作上的聯繫，加上近水樓臺，他們的確走得比較近。當然，也早就知道他已婚，有一個小女兒。

她完全沒有介入別人婚姻的意圖。自己的日子也過得好，除了上班，餘暇時候，她學瑜伽，還找老師學國畫。她希望自己能獨立自主，在經濟上，也在感情上。經濟上不能獨立，將減損自尊；感情上不能獨立，將不會快樂。

她的確是努力的，努力讓自己活得自在從容，興致盎然。

一般來說，男士們比較不願意在朋友面前說出自己內心的想法，不像那些手帕交，說這說那，還愛看悲劇電影，甚至一把鼻涕一把眼淚的。所以也有人說，女性有比較多的管道來發洩自己內在的鬱積，所以心理上比較健康，這也是平均年齡，女高於男的因素之一。

湯家豪卻不是這樣。或許是因為他們熟了，或許是由於把她當「哥兒們」，所以有話也就直說，也包括內心所想的。

哈哈，她有趣的想：一定是自己欠缺女性魅力。她也的確從來不是那種愛嬌耍賴的女人，她光明磊落，真誠友善不說謊。說不定湯家豪從來就以為她是個男的，只是做女性的穿著打扮罷了。

就這樣過了幾年，他們還是工作上的好友伴，有時候說話，喝咖啡，在辦公室裡就行，不必外求，也少了蜚短流長。她謹守分際，絕不願意落人口實。

最近她迷上了打網球，知道湯家豪大學時曾經是網球校隊的成員，她在辦公室裡請教一二，可是紙上談兵還是鴉鴉烏，不甚明白。湯家豪只好約她在夜間球場實際演練一番，她心存感激，球技也大有進展，還把教練給嚇了一跳。殊不知，她幸運的有高人指點。

從此，他們每週有一場球敘，湯家豪的技法高超，她也學得快速。打完球，還吃了簡單的消夜才分手。

她問：「太太不說話，她是支持的。」想來也是個好妻子。

「對健康有好處，她是支持的。」想來也是個好妻子。

她還問：「怎麼不慫恿太太也一起來打球？」

「帶孩子也累。她說，她看電視就好。」

原本住鄉下的媽媽還常在她的面前嘀嘀咕咕，說是「快點找個人嫁吧，老來無依，很可憐的。」年過三十五以後，就不太說了，或許打定主意要養個「老姑婆」吧。她不知，在臺北，三十幾歲，年華正好呢。急急奔向婚姻的人，尤其是女性，其實遠比媽媽想像中的少很多。

她在臺北，當然也如魚得水。工作，則是最好的護身符，要不，早就被抓回去相親了。

其實，相親也沒什麼不好，至少客觀條件不會背離太遠，要遇到窮光蛋假稱大富少或小學畢業假稱大學教授的機會，簡直掛零，也是一種保障啦。她不排斥相親，只是此刻不想。

她的工作表現不俗，按理該升她為主管了；不料平地起波瀾，主管竟然從別處室空降而來，聽說是總經理的連襟。這種事在私人機構早就屢見不鮮，雖然令人不滿，卻也稱不上什麼新聞。她忍了下來。新主管什麼都不懂，仰仗她的地方多了，一年以後，大約自覺上手了，居然找個理由，明升暗降，把她改調研發處，其實她還是做得來，只是心灰意冷。表面上她接受新職務的安排，默默的換了辦公室。湯家豪跳出來，替她說話，長官粉飾太平，話說得冠冕堂皇，全都是空。

對他的仗義執言，她很感激。

湯家豪請她吃飯，她也去了。大概是有心事吧，兩個人都喝了酒。湯家豪表明了心中的愛意，卻把她給驚醒了。她沒有做任何表示，只說要仔細想想。

她很快的上網找到新工作，地點在高雄，遠離臺北是她的目的。沒有什麼放不下的，談妥了，馬上託住在高雄的大學同學，替她在公司附近租了房。安置妥當，她提出辭呈，停部落格和臉書，換手機，另換電子信箱，聯絡搬家公司……

處事明快，一向是她的風格。就在短短的三週，她一切搞定，赴新的工作，原有的同事無人知道她的行蹤。她給湯家豪留了一封信，謝謝對方多年來的照顧，可是人生另有新的規畫，請不必尋找，或許有機會再相逢等等。她自己心裡清楚，機會微渺。不過是基於禮貌，這麼說的。

能做到這樣的壯士斷腕，速戰速決，也因為她的理性抬頭，也或許是小阿姨的真實人生故事讓她警惕。小阿姨是別人的小三，斷又斷不了，人又溫婉，加以原配跋扈，更是忍氣吞聲，不快樂的活了一輩子，很悲慘，卻又無力可回天。

每次想到小阿姨，她都非常不忍。

那樣的日子，那樣的心情，會不會有幾分像南唐・馮延巳筆下的〈謁金門〉：

風乍起，吹皺一池春水。
閒引鴛鴦芳徑裡，手挼紅杏蕊。

鬪鴨闌干獨倚，碧玉搔頭斜墜。
終日望君君不至，舉頭聞鵲喜。

春風突然吹拂了起來，池水漾起了一片綠色的漣漪。在花園小徑裡隨意逗引鴛鴦，兩手搓揉紅杏花蕊。

獨自倚著鬪鴨闌干，頭上的玉簪已經有點斜墜。整天盼著心愛的人，卻不見蹤影，抬頭聽見了喜鵲的叫聲，想必是前來報喜。

讀這樣的詞，只覺得孤單而惆悵。

不倫之戀，不過是幽夢花影，終究成空。她不曾有過幻想，也不想讓自己陷落在這樣的困境中，難以自拔。

或許，該認真考慮也去相親，好讓媽媽放心一些？

高雄是個陽光城市，遠離了臺北的陰霾，也讓她開朗了許多。

剛來，要認識新環境，新工作，忙碌，對她來說，也許是好的。她大步的往前走去，千里獨行，一無遲疑，暗地裡，也給自己按了一個讚呢。

紅了相思

丈夫才剛從教職上退休下來，是該好好休息的時刻，他們還打算一起出國去玩。

有誰想到呢？丈夫突然覺得不舒服，很不舒服。學醫的女兒立刻機警的說：「爸，必須上醫院！」丈夫堅決不肯，倒地，就再也無法起來了。

他走於心肌梗塞。

她一直自責：為什麼不堅持，不強迫他到醫院去呢？說不定，救得回來的。

女兒安慰她說：「媽，我在醫院裡看多了。爸能走得快速，沒有受到什麼痛苦的折磨，也是好的。」

然後，在一場混亂裡，哀傷的辦完了後事。她真是身心俱疲。

三十多年的婚姻，因著丈夫的遠逝而不得不畫下了句點。

「一切都是命吧。」她想。

他們是恩愛的，可惜恩愛夫妻不能到白頭。

女兒在臺北的醫院工作，她暫時回臺中。由於兩地都有住處，以前她和丈夫就經常來來回回，臺中離臺北不遠，隨時都可以過來探望。

丈夫的退休比她晚，原是等他的，現在說什麼計畫都是空談了，毫無意義。她告訴自己：「不要再想了，不要再想了！」可是思念如此殷切，直到她在淚水中睏極睡去。

她喜歡詞，此刻想到的是南唐．馮延巳的〈菩薩蠻〉：

回廊遠砌生秋草，夢魂千里青門道。
鸚鵡怨長更，碧籠金鎖橫。
羅幃中夜起，霜月清如水。

玉露不成圓，寶箏悲斷弦。

在曲折的走廊外，臺階已經長出了秋草。夢魂飛越過千里，到達青門遠道。鸚鵡怨恨秋夜太長，碧綠的鳥籠還有金鎖橫掛。

半夜裡，我從羅幃中起來，只覺得霜月清涼如水。玉露濕潤，卻不成珠圓，心中的悲傷難以承受，連寶箏也斷了弦。

夢魂縱使千里追尋，也無法找到他的影子，再回他的身邊了。漫漫長夜，只剩下無盡的哀思圍繞……

臺中的房子，現在只住她一個人了，更顯得空蕩蕩，沒有生氣。

女兒不放心，每天都打電話來，還勸她上臺北去。她想，女兒行醫，忙成那樣，大部分的時間她還是一個人啊。與其這樣，不如留在臺中，還有以前的同事、鄰居、朋友，可以相互往來……

丈夫曾經是她的同事，那時候，他們是同一所國中的新進老師，她比較活潑，爬山、打球、說笑話。他則內斂，話不多，感情很細膩。兩個人的類型不太相似，可是，該怎麼說呢？姻緣也是天意吧。連校長都看出了端倪，到她家幫忙提親，極端保守的父母認為既然校長出面了，想來人品不差，便也同意。

他們的確是佳偶。互補的個性成就了這樣一樁好姻緣。也許，更重要的，在於雙方的互信互諒。來自不同的成長背景，也需要有一段磨合的時期，不長，很快的，他們都能甜蜜的相隨，一起快樂的生活。

以為這樣的歲月可以長長久久。或許，是她太天真了。可是，丈夫走時，還不到六十歲，也未免太早了一些。

往後的日子，對丈夫有很深的思念，紅了櫻桃，綠了芭蕉。不管流光怎樣的更迭，他都在自己的心中。

有一天，她在抽屜裡看到了舊日他所寫的書信，久遠以前，初相逢的悸動，似乎又重現眼前，惹得她淚眼婆娑。

相思是紅的，她終究相信了。

鶼鰈情深

丈夫大她二十歲。

她跟我說：「剛結婚時，丈夫說，做餐太辛苦了，妳還要教書，不如在外面吃，就好。」於是，廚房亮晶晶，因為家裡幾乎不開伙。

我很驚奇：「可是，家中的女主人不就是要打理三餐的嗎？妳媽不是這樣教妳的嗎？」

原來她是僑生，娘家在韓國。她師大畢業以後就在國中教書，臺灣沒有其他的家人。

只是外頭的飯菜吃久了，也會煩膩。丈夫便上市場買菜回來，又匆匆下廚做餐，可從來不曾叫她學著點。於是，她就這樣吃現成的。有時候，丈夫還做了便當送到學校辦公室給她吃。她也視為理所當然，從來不知家事需要承擔和幫忙。

後來，有了女兒以後，也多半是丈夫在照顧。餵牛奶、換尿布、洗澡等等，瑣碎又煩人，丈夫樂在其中，從來都不曾抱怨。

在我聽來，她簡直成了丈夫的另一個女兒。

她就這樣好命的過著日子，直到丈夫老了、病了，她才反過來開始照顧丈夫。

丈夫既然大她那麼多，晚年很快的就來到眼前。抵抗力弱了，不免常有病痛，有時候，甚至得住院開刀。她任勞任怨，服伺湯藥，不假他人之手，陪病、照顧，體貼入微。彷彿變成了另一個我們不認識的人，做事勤快而又處處用心，我們看了，都非常的感動。

丈夫的健康情形比較好時，她甚至帶著輪椅，陪同丈夫遠赴大陸旅行，或在臺灣四處遊山玩水，辛勞不辭，很了不起。

真的是不離不棄，毋忘初衷，永矢弗諼。

我想起的是清．納蘭性德的〈蝶戀花．出塞〉：

今古河山無定據。畫角聲中，牧馬頻來去。
滿目荒涼誰可語？西風吹老丹楓樹。

從前幽怨應無數。鐵馬金戈，青塚黃昏路。
一往情深深幾許？深山夕照深秋雨。

古往今來江山興亡都無定數，眼前彷彿戰角吹響烽煙滾滾，戰馬馳騁來來去去，誰可訴說這滿目的荒涼？只見楓樹的葉子又被西風吹紅了顏色。

從前應有無數幽愁怨恨，鐵馬金戈南征北戰，終究只餘下青塚黃昏的淒涼。一往情深能深到幾分？就好像是深山裡昏黃的斜陽，深秋中淅瀝淒寒的雨。

這闋詞的千古名句在「一往情深深幾許？深山夕照深山雨。」那樣的深情，就像深山的夕照，深秋的雨。真是扣人心弦啊。

我以為，真正的情深，從來不在言說，而在「執子之手，與子偕老」。

真是很好的一對夫妻，相互扶持，那是因為他們都善良，都願意以真心彼此相待，才成就了美滿姻緣。

清・納蘭性德（一六五五～一六八五）

【簡介】

滿洲人，字容若，號楞伽山人，他生活於滿漢融合時期，其貴族家庭興衰具有關聯於王朝國事的典型性。雖侍從帝王，卻嚮往經歷平淡。特殊的生活環境背景，加之個人的超逸才華，使其詩詞創作呈現出獨特的個性和鮮明的藝術風格。

【文學評價】

清代極為著名的詞人之一。其《納蘭詞》在清代以至整個中國詞壇上都享有很高的聲譽，在中國文學史上占有光采奪目的一席。

我的哀傷，妳的淚

妳在夜晚的電話裡，告訴我妳的失翼之痛，我大驚。怎麼會發生這樣的事？妳先生的告別式都舉行過了，連百日也過去。紛紛亂亂，對妳來說，只怕像是噩夢一場吧。唉，如果，真的只是夢就好了。

原來，二十多年前，妳的先生曾經罹患鼻咽癌，經過治療，順遂的度過好長的一段日子，大家都以為應該是痊癒了。哪裡知道前年婆婆辭世，孝順的先生哀傷逾恆，盡力協辦喪事。那段時間還日日要誦經，要處理各種繁雜的事務，睡眠很少。喪事圓滿，然而先生因肺炎而病倒，免疫力的急速下降，造成癌症的復發和轉移，終至藥石罔效。不得不撇下妳而獨自遠去。

今年六月丈夫大去，留下妳形單影隻。

我簡直不敢相信這樣的噩耗。

人生不可能十全，總有缺口，那是傷痛的所在，也是我們學習的功課。認識妳，是因為我們曾經在同一所國中教書，那是荷花的故鄉，宛如秀美的圖畫。就像清．陳文述〈漁父詞四首其二〉中所描繪的：

雨後蜻蜓散夕陽，晚來水碧似清湘。
明鏡裡，月華涼，荷花世界柳絲鄉。

雨後的蜻蜓散落在夕陽中，晚來的湖水碧綠得有如清澈的湘江。水面就像明鏡一般，映照著清涼的月光，好一個荷花的世界，柳絲的故鄉。

這闋詞自然圓轉，清新明快，多麼像是我們年少時的心情。

那時候，我們都好年輕，青春正飛揚。妳善良而美麗，心思的清純更是讓人喜歡。妳和先生的交往是我知道的，後來妳結婚，轉往臺北任教。妳的懂事和丈夫對妳的珍惜，說是「天作之合」也不為過。

幾年以後，我也調回臺北教書，後來，我們還因此相逢。

我們見面時，彼此都已經離開教職。閒談間，妳跟我提起童年往事那些難忘的經歷，我力勸妳寫下來，妳到底事忙，沒有聽說妳動筆。雖然真摯很重要，然而，寫作畢竟需要熟能生巧。或許，凡事起頭總是難一點。

經過這樣一場天翻地覆，等妳的心情平復，或許，妳願意執筆為文。寫一寫多年來的家庭生活，有多少思念在其中。文字，從來就具有療癒的作用，也許，或多或少可以拂去妳心中的淚。

妳的悲慟是人之常情，只是妳的痛將比一般人更深，因為夫妻的感情太好了。唉，恩愛夫妻遭天妒，竟然難以到白頭。

往日工作再忙，你們總是在夜深人靜時一起喝茶，談生活，說心情，你們從來不留誤會到明天。你們何只是今世的夫妻，更是此生難得的知己。

請不要痛悔過甚，否則，先生的魂魄將捨不得離開。幽冥永隔，也是無奈的事。只要他永遠存留在妳的心中，也是一種永恆的相依。

先生遠逝以後，兒子們都不願意讓妳獨自留在臺灣，一個人過活，所以，妳會在一個多月以後赴美，小兒子將陪伴同行，他要前往讀書。你們的舊居充滿了各種屬於往昔的回憶，暫時離開一段時間，或許有助於妳心情的平復。我的確是這麼想的。

往後，妳如果有機會返臺，請務必讓我知道。但願故人安好，依舊享有未來繽紛的歲月，這是我最大的期盼。

今生我見過許多美麗的女子，然而真正秀外慧中，人美心更美的，其實並不那麼多，妳從來深受我的祝福，願妳歲月靜好。

清・陳文述（一七七一～一八四三）

【簡介】

字退庵，號雲伯，浙江錢塘人。

少以詩名。嘉慶五年（公元一八〇〇年）應杭州鄉試，督學阮元以《仿宋畫院制團扇》命題，文述詩最佳，人因稱為陳團扇。遊京師，與楊芳燦齊名，時號「楊、陳」。官江蘇江都縣知縣，多惠政、性孝友，與王曇、郭麐、查揆、屠倬交最契。又好修名人遺迹。

【文學評價】

詩工西昆體，晚年，復斂華就實，歸於雅正。著有《碧城仙館詩鈔》、《頤道堂集》、《秣陵集》、《西泠懷古集》、《仙詠》、《閨詠》及《碧城詩髓》，均《清史列傳》並行於世。

卷三

一縷新歡，舊恨千千縷

且看彩霞滿天

當她在我的面前流淚不止，我終究明白，她在漫長的婚姻生活中所隱忍的委屈。

我們認識很久了，從青春年少直到彩霞滿天。然而，中間我們曾有一段時光失聯，或許是兩人都移居他方，各有各的忙碌吧。幸好，後來我們又找到了彼此。

有一次，我們跟團一起出遊。途中，她的丈夫頻頻對另一個女子示好，她的臉色也因此愈來愈難看。

我說：「他敢在大庭廣眾中如此表現，我以為，應該不會有事。」

「問題是，他經常如此，讓人疑雲重重。」

難道是他有過外遇的事實？或者，他的四處招惹、傳曖昧或精神外遇，早已讓妻子的心中很不是滋味了？

他們白手起家，胼手胝足，共創家園和事業，一磚一瓦的建立，其間的辛勞，以及所曾經歷的風雨和困頓，外人是不容易得知的。如今的衣食豐裕，也從職場上退休下來，本來是大可以安享晚年的；然而，面對丈夫的種種奇怪舉止，她其實很難平心靜氣。

我真想告訴她：「丈夫，丈夫，一丈之內才是妳夫，之外就不是了。」

他們的確個性上不同，然而，世上的夫妻不也多是互補的嗎？

丈夫浪漫，她則務實。

兩個人都是窮孩子長大的。吃了很多苦，才有今天的一切。然而，一個人的本性，或許不是那麼容易更改的吧。

夫妻之間，仍然需要彼此的尊重和包容。不能漫無節制的予取予求，自私、任性都具有殺傷力，嚴重的話，恐怕危及婚姻，再也無法攜手同行。

既然，錢財分開，也算各有保障，那麼就守住自己的那一份，好好的過生活，不要對對方有太多的期待。

且放寬心吧，這不也是善待自己嗎？

我想起清．賀雙卿的〈望江南〉中所寫：

春不見，尋過野橋西。
染夢淡紅欺粉蝶，鎖愁濃綠騙黃鸝。幽恨莫重提。

人不見，相見是還非？
拜月有香空惹袖，惜花無淚可沾衣。山遠夕陽低。

看不見春天的蹤跡，直找到野橋西邊。沾染上淡紅顏彩的夢幻，欺哄著那採花的蝴蝶。鎖住了愁思的濃綠也蒙住了黃鸝鳥。從前的諸多幽恨，千萬別再提起。

看不見人的影子，即使再見了還會是原先的那個人嗎？拜月時空留幽香在襟袖，惜花時無淚沾濕衣衫。只見那遠山處，夕陽正逐漸地向西沉去。

這詞讀來簡單自然，卻字字入心，處處悲涼。不用典，然而非常感人，彰顯了填詞者的才華和真性情，我很喜歡。

黃昏轉眼就要到了，滿天的雲霞，也另有一種特別繽紛的美麗，其中也有著我對她最真摯的祝福。

清・賀雙卿（一七一五～一七三五）

【簡介】

清代康熙、雍正或乾隆年間人，江蘇金壇薛埠丹陽里人氏，初名卿卿，一名庄青，字秋碧，為家中第二個女兒，故名雙卿。雙卿自幼天資聰穎，靈慧超人，七歲時就開始獨自一人跑到離家不遠的書館聽先生講課，十餘歲就做得一手精巧的女紅。長到二八歲時，容貌秀美絕倫，令人「驚為神女」。

【文學評價】

雙卿是我國歷史上最有天賦、最具才華的女詞人，後人尊其為「清代第一女詞人」。

其寫詩作詞只為排解憂憤，不願作品留世，每每寫完後隨寫隨丟，故作品大多散佚，後人只輯得其十四首詩詞，取名《雪壓軒詞》或《雪壓軒集》。又因雙卿出身貧苦，一生短暫，雖才華絕世，而知者甚少，生平事跡主要記載在史震林的《西青散記》

及《華陽散稿》中，另外，《白雨齋詩話》和《聽秋館詞話》中亦輯有雙卿的部分詞作或點滴的生平，但大多語焉不詳。

人間悲歡

我的朋友住在苗栗，因為臺北也有房子，所以也就來來去去。有好一陣子了，音訊全無，我打她的手機，沒人接，打她臺北的電話，也不見有人。到底哪裡去了呢？我不知道。

我每次想起她，就來撥電話，可是不管是任何一個時段，她都不在。

有一天，終於她接到我的電話了。問她忙什麼？她說：「女婿出了車禍。」這件事我知道，可是也很久了。她只好明說：「是女婿想不開，服安眠藥輕生，幸好女兒機警，把他給救了回來。」

怎麼會這樣呢？

女婿在車禍中，被撞成重傷，臉上的眉骨間有疤，左腳微有不便，走路一拐一拐的。

可是生命能撿回來，多麼珍貴，也值得慶幸。要不，想想：年輕的妻子帶著三個幼兒，未來的漫漫歲月，又該怎麼辦呢？還有年邁的老母，忍教她白髮人送黑髮人嗎？

自殺是軟弱，是不負責，是逃避，完全不足取。

真心希望，他能發憤圖強，心中能以家人為念。想當初，他和妻子不也是因為感情深摯而結為連理的嗎？初時，原本由於工作而分隔兩地的，有多少思思念念！好不容易才一家團圓，可以早晚相隨，如今若一朝捨去，難道要妻子像是唐．溫庭筠的〈更漏子．本意〉裡的心情：

柳絲長，春雨細，花外漏聲迢遞。
驚塞雁，起城烏，畫屏金鷓鴣。
香霧薄，透重幕，惆悵謝家池閣。

紅燭背，繡簾垂，夢君君不知。

柳絲兒長垂，春雨霏霏，銅壺滴漏的聲音在花外會越傳越遠，驚起了北飛的大雁和棲息的城烏，寧靜的只有畫屏上的金鷓鴣。

淡淡的香霧，透過重重的簾幕，謝家的妝樓上有女惆悵。紅燭暗了，繡簾低垂，我夢見你，而你竟然不知。

多麼的淒婉，讓人心生不忍。

我仍然願意相信，他也只是一時的想不開，鑽進牛角尖去了。

有多少人活得比他辛苦，從小失明、失聰，癱瘓，坐輪椅，多重障礙，曾經貧病交迫、輾轉溝壑，甚至流離失所的，也所在多有。他們願意力爭上游，不為眼前艱難的狀況所困，還努力活出了生命的意義，發揮光和熱，成為世人學習的好榜樣，多麼讓我們佩服！

世路多艱，不宜只看自己失去的，而是要看自己所擁有的，勇敢活出生命的光采。如此，人生才有真正的意義和價值。

唐・溫庭筠（八一二～八七〇）

【簡介】

字飛卿，晚唐著名詩人、花間派詞人。精通音律，詞風婉麗，詞藻濃豔，情致含蘊，作品風格上承唐朝詩歌傳統，下啟五代文人填詞風氣之先。詞作題材多半描寫美人的苦悶情緒，現存詞的數量為唐人最多，多收入《花間集》，是花間詞派的重要作家之一，被譽為花間鼻祖。

【文學評價】

清代詞人張惠言於《詞選序》曰：「唐之詞人，溫庭筠最高，其言深美閎約。」

劉熙載《藝概》云：「溫飛卿詞，精妙絕人。」

人生的單程車票

丈夫氣呼呼的摔門出去。

她黯然的坐在臥室的梳妝椅上。

「唉，我把自己的人生給搞成了什麼樣子？」她今年五十歲了，可以辦退休手續，每個月都有還算豐厚的退休金，雖然不及現職的薪水多，可是擁有所有可以自由支配的時間，她還是很心動的。她是個小學老師，好不容易撐到了可以退休的時刻。現在的孩子也越來越難教，許多孩子都被寵壞了，家長還不明理，一心護著，老師施展不開，動輒得咎，被告到官府去的消息，時有所聞。都教了這麼多年，她也累了，倘若能如願退休，最好。

丈夫卻來覬覦她的退休金，她簡直氣死了，兩人大吵一架。盛氣之下，哪有好話？終究不歡而散。

當年，她是錯了。現在這麼想，一切都太遲了。

國中畢業，考完聯考，她發現她懷孕了。

媽媽氣急敗壞，要她拿掉，她抵死不從。媽媽認為：她才十六歲，也只是個孩子，還要帶個小小孩，又怎麼讀書？

那個肇事者，是她的同班同學，也一樣只有十六歲。

是年少輕狂嗎？還是懵懂無知呢？

兩個人的功課都好，考上了同一所師專。鄉下的民風純樸，為遮人眼目，他們草草的結婚。開學後，小丈夫先去讀，她則待產，生下女兒，比丈夫晚了一年，才進師專就讀。女兒由娘家媽媽代為照顧。

讀書、教書，大致上平順。

為了和孩子在一起，她努力調到離家比較近的學校教書，也貸款買了一間房，總算一家人可以團聚在一處，這期間，她生了老二，老二是兒子。丈夫在鄰鎮的小學教書。

真正共同生活以後，她才發現她嫁了一個「夢想家」，滿腦子想發財的夢，其實雙薪家庭，已經比別人幸運了。他還老是不滿，說是錢賺太少了，說是累積錢財的速度太慢了。她頗為驚懼的望著丈夫，彷彿從來不曾認識他，如此陌生，如此遙不可及，好似在兩人之間，隔著千山萬水。

會不會以前他們都太小了，個性未定。她則因做了小母親，加速長大，擺脫了稚氣。

丈夫果然很快的辭職，不再眷戀只是當個小學老師。他投資，失利，做生意，賠錢，後來就到市場去賣魚。本來嘛，將本求利，賣魚，也是憑一己的本事賺錢，也沒什麼好丟臉的。偏偏丈夫哀聲嘆氣，說他是「虎落平陽被犬欺」，可是這一切，難道不都是他自己一意孤行所造成的嗎？

她屢勸不聽，後來只好緊閉著嘴，不再說話，以免一開口，雙方意見不合，就吵了起來。吵吵鬧鬧的家庭，絕不是兒女成長的好處所。她學的是教育，當然深知其中的道理。

想起當年的兩情繾綣，縱使丈夫去讀師專，自己則待產中，仍有說不出的甜蜜和相思。那情景，有幾分像宋．李重元的〈憶王孫．春閨〉：

萋萋芳草憶王孫。柳外樓高空斷魂。杜宇聲聲不忍聞。
欲黃昏，雨打梨花深閉門。

芳草繁密，已然到了春深，思念起那個在遠方的未歸人。向煙柳外眺望，樓高阻擋了視線，令我空自傷心。這時傳來杜鵑的啼聲，讓人不忍聽聞。天色漸晚，就要黃昏了，無情的雨點打落了庭前的梨花，我獨自緊閉著深深的院門。

如今想想：曾經有過的相思又如何呢？畢竟不敵今日的漸行漸遠。

她對丈夫不再存有冀望了，自己的薪水就好好的守著吧，要養兒育女，要付房貸，至少教書穩定，粗茶淡飯也可以過日子，平安就好。幸好，很快的，兒女都長大了，或成家或立業，不勞她操心，總算可以開始替自己的晚年未雨綢繆，預先有所安排。

哪知丈夫居然來伸手要錢？要不到，還大發脾氣。唉！

如果人生可以重來，她會重新選擇吧？現在說這些，不也顯得有些可笑嗎？

人生，真的只是單程車票，無法回頭。一如韶華如流水，一路去未停。活在當下，珍惜眼前，才是自己真正該做的，更有智慧的吧。

宋・李重元（生卒年不詳）

【簡介】

生平不詳，約一一二二年（宋徽宗宣和）前後在世。南宋黃升編《花庵詞選》，及《全宋詞》收其〈憶王孫〉詞四首，分詠春、夏、秋、冬四季。《婉約詞》中收二首。

春去花落

她是當年我們班上的班花。

膚白似雪，非常漂亮，宛如白雪公主。眼睛閃閃發亮，更是迷人。很多人都以為她必來自富裕之家，也的確家境很不錯，母親須陪著父親應酬，十分忙碌。她常常是孤單的一個人。平日要上課，都還好。假日就很淒慘，那寬大的宅院，也不過就是一間美麗的屋宇，然而空蕩蕩的。她只好不斷的彈鋼琴，音樂造詣很深，連老師都驚豔，曾經力勸她投考音樂系。她不從。她私下跟我說：「伴隨著音符的記憶不美，我一點也不想。」是讓她憶起了那許多個孤單寂寞的日子嗎？

我常想：房子裡，如果沒有愛，能算是家嗎？

認識她以後，我其實很同情她。我家只是簡單的公家宿舍，家父雖辛勤工作，然而，在那個經濟困窘的年代，所得不豐，勉強養家活口而已；可是，我們一家和樂，時時都聽得見歡聲笑語。我覺得，我比她幸福多了。

上大學時，她讀了第一志願的學校，我則因聯考失利，考了一個在山上的私立大學。剛開始時我們還常有聯絡，後來就日漸稀少，竟至音訊飄渺。有關她的消息，我常從別處聽來。

聽說，天天玩樂，長得漂亮的她，自有各種邀約。

還聽說，大二下，曾經出了車禍，男生以機車載她，結果天暗，在小路上，為了閃避來車而摔下，傷到手指，寫字無妨，某些鋼琴曲子則彈不來了。我想，幸好，她也從來不想走音樂的路。

又聽說，讀完大三，她父親破產，她休學，原因竟是待產。

這消息像個震撼彈，令我們大驚。在那個相對保守的年代，她居然學業沒讀完，就要當媽媽了？

原來，有學長追她，和她同鄉，家裡是做生意的。

想起她在家時的寂寞，很快的，在精神上找到了一個寄託，也應該是意料中的事。很祝福她，真心的。

然後，畢業了我去教書。她則回到學校，把其餘的課程讀完，拿到畢業證書，回歸家庭當少奶奶。後來又聽說，曾有我當年高中的老同學在人浮於事，不易找到好工作的情況之下，應徵一個管家的工作，開得門來，女主人是她！

想來丈夫的生意做得不錯，住得起寬宅大院，請得起管家。

我還是替她高興。不必像我們一樣為五斗米折腰，奔波勞累，無有止時，而且我們所得的薪俸微薄，有如雞肋。卻又不得不捧著飯碗，因為必須自力更生，養活自己。

就這樣過了好多年。

在工作上有升遷，薪水也調了又調，我的日子好過多了。

這時候，竟聽說，她的丈夫不告而別，跟會計小姐有私情，連袂避居海外，並且捲走了所有的錢財，連他們母子住的大房子也給賣了。她，立刻無立錐之地。

好可怕，良人不良，竟可以如此冷酷無情！真讓人無法想像。

原來，人生是這樣的無常，一切的榮華富貴，都只是過眼雲煙。

怎麼會這樣呢？她曾經是在枝頭招展最美麗的花朵，可是，不敵人心的險惡，更不敵現實風雨的侵襲，很快就會殘敗了。

想起宋．辛棄疾的〈祝英臺近．晚春〉：

寶釵分，桃葉渡，煙柳暗南浦。怕上層樓，十日九風雨。

斷腸片片飛紅，都無人管，更誰勸、啼鶯聲住？

鬢邊覷，應把花卜歸期，纔簪又重數。羅帳燈昏，哽咽夢中語。

是他春帶愁來，春歸何處？卻不解、帶將愁去。

且送他到桃葉渡頭，我和他分釵別離，柳樹籠煙，瀰漫著南方濛濛的水氣。

很怕登樓遠望，十天中有九天都是風雨。飛花片片，惹得人肝腸寸斷，現在都無人理了，還有誰能勸住黃鶯的啼聲呢？

從鬢邊偷看，該用花來卜算歸期，但才插上又要拔下來細數。房內的燈光幽暗，只有嗚咽的在夢中寄語。是春天將煩惱帶來，現在春天又要回去哪裡呢？卻不懂得也把煩惱帶走。

春去花落，令人傷悲。

尤其，我們都曾經看過她嬌豔的容顏，是如何美得讓人念念不忘！

宋・辛棄疾（一一四〇～一二〇七）

【簡介】

字幼安，號稼軒。生性豪爽，崇尚氣節，有俠義之風。一生以收復中原為職志，但一直未受朝廷重視，終以報國無門，抑鬱而死。

詞與蘇軾齊名，世稱「蘇辛」，是繼蘇軾之後，將詞的豪放風格發揚光大，使之蔚為一大宗派，有《稼軒長短句》傳世。由於一生皆處於不得意的政治環境中，因此在辛棄疾的詞中，抒寫愛國思想之作占有極為重要的地位，詞作交織著意氣風發而又沉鬱悲涼的心情。

其所開創的豪放詞派，突破了音律限制，大量吸收口語及古語入詞，而有詩詞散文合流的現象，技巧上多用比興手法，進一步擴大了詞的表現，達到了宋詞發展的新高峰。辛詞風格多樣，有豪放雄奇、溫柔婉約之作，也有不少恬靜清新描寫鄉居生活、田園風光的作品。

【文學評價】

南宋劉克莊於《辛稼軒集序》曰：「公所作，大聲鏜鞳，小聲鏗鍧，橫絕六合，掃空萬古，自有蒼生以來所無。其穠纖綿密者，亦不在小晏、秦郎之下。」學者陳弘治《唐宋詞名作析評》說：「詞到了稼軒，風格和意境兩方面都大為解放。他以圓熟流走的筆鋒，寫出悲壯淋漓的歌聲，替中國詞壇上留下一個永久的紀念。」

菟絲花

在感情上，她是一個四處飄泊的女子，何處才是她停靠的港灣呢？

高中聯考時，她考上當地的女中，不容易呢。這也表示，當年她的功課很不錯，可惜，她只讀了一年就休學了。為什麼呢？她振振有辭的說：「不忍見父母辛勞。希望早一點賺錢，好幫忙家裡。」

話說得冠冕堂皇。真正的原因是，她不想讀了。她貪玩，讀書？未免太浪費青春了。

可是，只有國中文憑，找事有很多的阻礙，除非是清掃、洗碗等不需要學歷的工作。不需要學歷，卻又意味著門檻很低、替代性跟著高漲。年輕時，反應機敏，長得也清秀，還算都有工作。但待遇不高，她又愛玩，愛買，薪水完全無法存下來。她又想，何必這麼勞累，找個人嫁了，由對方來養，不就解決了所有的困擾嗎？

然而，她認識的圈子也不過就是一些工人階層，如木工、油漆工、水泥工、水電工等等。要不，就是汽機車的維修人員、市場的小販等等。沒辦法，原來一切都有門戶之見，攀龍附鳳，要想一朝飛上枝頭，何其不容易。

後來，她嫁給了市場賣菜的，其實夫妻同心，若能一起打拚，小生意也很有賺頭。偏偏丈夫喜歡喝酒，一喝醉，就罵人，聲聞千里之外，還家暴。不喝酒，則一切都好，也會幫忙家事，疼兒女。她想離開，然而，牽扯太多，想到孩子小，到底不忍，卻又助長了丈夫的氣燄。

十多年後，丈夫肝癌過世。那些年，不斷的看醫生和治療，也幾乎花光了所有的積蓄。丈夫走時，女兒國一，兒子小四。

她很快的介入了別人的婚姻，成了「小三」，對方會給她錢，有時候也陪她玩，加上她的收入不多，健康欠佳，家扶中心因此予以扶助，有兒女生活費和學費的幫忙。不無小補，也讓日子好過一點。

她還是愛玩，有時跟網友去爬山，我們都覺得不知底細，不是很危險嗎？她卻覺得，我們都太大驚小怪了。

男朋友的妻子終於知道他們的事，找了人來大吵大鬧，鬧得鄰里皆知，自覺面上無光，也就忍痛斷了來往，實在是吵不過那個「虎姑婆」。

說她是多情的嗎？我搖搖頭，哪及宋．吳文英的〈風入松〉中所寫：

聽風聽雨過清明，愁草瘞花銘。
樓前綠暗分攜路，一絲柳、一寸柔情。
料峭春寒中酒，交加曉夢啼鶯。

西園日日掃林亭，依舊賞新晴。
黃蜂頻撲鞦韆索，有當時、纖手香凝。
惆悵雙鴛不到，幽階一夜苔生。

淒淒風雨聲中，我獨自過著清明，綠草護著飄零的花瓣，多麼讓人傷感。暗綠的樓前依依惜別的地方，柳樹早已濃碧成蔭，一條柳絲就象徵著一寸柔情。在料峭春寒中，我喝下過量的酒，早來連番夢醒，彷彿聽聞幾聲鶯啼。

西園裡，我日日灑掃林亭，一心盼著你的歸來，還像往日一樣和我共賞美麗的晴天。蜜蜂一再撲向你盪過的鞦韆，繩索上還留有當時的纖手餘香。多麼讓人感到惆悵，還是沒能見到你的蹤影，只在一夜之間，幽寂的空階已長滿了青苔。

讀這麼優美婉約的詞，她應該會是慚愧的吧？

不多久，她去山裡玩，發現有人在那兒放牧，有牛羊豬雞，還有貓狗等等，這都是她喜歡的，跟主人聊過幾次，那是個五十歲左右的男子，獨居，未婚，學歷不高，小學畢業。她對這個主人很有興趣，很快就住了進來，還去向別人借了二十萬，說是要投資。人財兩得，對方當然喜出望外，以為是上天給的豐厚禮物。

我們實在看不懂，她到底在想什麼？

「我很想幫他啊，例如寫文宣、架設網站等等。」

可是，我曾經看過她的文章，完全抓不到重點。學如逆水行舟，不進則退。她的國文程度早已低落，只是自我感覺良好罷了。

或許有夢也是好的，我不忍心澆她冷水。

或許稍大一些了，要自求多福。

兒女呢？再沒聽她提起，或許稍大一些了，要自求多福。

我後來聽說，她向友人借的錢根本沒還，後來還想再借，對方不肯，居然出言不遜，臉色難看。唉，別人也是辛苦存下來的錢，哪能予取予求？

後來又聽說，她名為借，其實心中絲毫沒有還錢的打算。唉，如果這樣，誰敢再借錢給她呢？簡直是「肉包子打狗，有去無回」。

我們也只能為之嘖嘖稱奇。終究明白「道不同，不相為謀」。

她是一個飄泊的人，在感情上無所依靠，從一個男人到另一個男人。她遊戲人間嗎？並沒有那樣的能耐。只是招來別人不解的眼光而已。

她沒有一技之長，經濟上無法獨立，好像菟絲花，必須有所依附，只嘆年歲逐漸大了，容顏即將衰老，好光景又能有多久呢？

宋・吳文英（一二〇〇～一二六〇）

【簡介】

本姓翁，因過繼吳氏而改姓吳，字君特，號夢窗，晚年號覺翁。翁家有兄弟三人（翁逢龍、吳文英、翁元龍），皆有文才，大哥翁逢龍與宰相吳潛為同榜進士。終身未仕，但結交顯貴，以布衣出入侯門，當達官貴人的幕僚，與宰相吳潛與權臣賈似道等人來往密切。宋史上無傳，生平不詳。

【文學評價】

清朝《四庫全書總目提要》：「詞家之有文英，亦如詩家之有李商隱」，被稱為「詞中李商隱」，在南宋詞壇屬於作品數量較多的詞人，今存《夢窗詞集》一部，存詞三百四十餘首，作品內容多為酬答、旅遊、憶故與詠物。歷來詞作評價甚有爭論，宋代張炎《詞源》評曰：「吳夢窗詞，如七寶樓臺，眩人眼目，碎拆下來，不成片段。」清朝陳廷焯《白雨齋詞話》：「夢窗精於造句，超逸處則仙骨珊珊，洗脫凡豔。幽索處，則孤懷耿為，別締古歡。」王國維《人間詞話》：「夢窗之詞，余得其詞中一語以評之，曰：『映夢窗，零亂碧』。」

風過處，清香依舊

聽說，晶吉的丈夫回來了，倦鳥終於知還，我們也替她高興。

只是，從此她就不太參與我們的聚會了。聽說她的丈夫身體不好，她要在家裡幫忙照料，因此不太有空。因此，我們幾個好朋友決定相約一起去看她。

我們去了，她看起來還好，見到我們也十分開心。我們也見到了她坐在輪椅上的丈夫，彼此寒暄了幾句。那丈夫滿臉寒霜，似乎不是那麼的歡迎我們，是我們太打擾了他的清靜嗎？不一會兒，他突然大聲喝斥，她則唯唯諾諾，一逕陪著笑臉，我們趕忙藉詞離去。

「怎麼一回事啊？」薇說：「來者是客，有這樣待客的嗎？真是沒有禮貌。」

玲說：「三十年來，他在外頭逍遙快活，不顧妻小；如今一身病痛，野花四散，賢德妻子盡棄前嫌，願意接納他，真的是他前世燒了好香。居然還如此氣燄萬丈，頤指氣使，那他搬出去，自立自強好了。」

我沒有說話。心中感慨萬端。

晶吉曾經是我的高中同學，後來，我們又在同一所國中教書，交情當然非比尋常。晶吉結婚時，娘家父母是有意見的，可是晶吉說：「就是要嫁給這個人，是福是禍，我會自己扛。」娘家父母見她執意如此，也就不再反對。

結婚以後，甜蜜的日子不到三年，丈夫就在外頭另築香巢，那時候，他們已經有了一個女兒。唉，竟然忍心拋妻棄女，不顧他去。幸好，娘家媽媽疼她，幫她照顧女兒，而她教書的工作穩當，就這樣自己辛苦的拉拔女兒長大。

長夜漫漫，孤單寂寥，其實是艱難的。

我曾讀過宋．秦觀的〈如夢令．春景〉，會不會那也是她的心情呢？

鶯嘴啄花紅溜，燕尾剪波綠皺。

指冷玉笙寒，吹徹〈小梅〉春透。
依舊，依舊，人與綠楊俱瘦。

鶯嘴啄花，紅色的花瓣因此滑落，就好像燕尾如剪掠過，池塘漾起了碧波。拿起了玉笙，將〈小梅〉的曲吹奏了一遍，彷彿有無限的春光在眼前展現，直到手指感覺僵冷，簧片潮濕，不能合律。然而，依舊是空寂落寞，人和綠楊一般的柔弱細瘦。

良辰美景都是賞心樂事，可是孤單獨處，又是別樣情懷，心中的憂愁難遣，卻又只能深深隱藏。

幸好，在物質上沒有太大的困難，精神卻是蕭索的。還好，她在教書上非常投入，學生們也都喜歡她。她溫暖而體貼善良，實在是個非常好的人。

丈夫一直沒有回來，當然也不曾給予家用，彷彿完全忘記他是一個已婚的人。外頭的女人換了又換，他仍然沒有回頭。

晶吉隱忍下來，不吵不鬧，彷彿丈夫只是出國讀書和工作，因為太忙，所以沒有回來，也沒有音訊。

女兒大學畢業了，女兒結婚了。連這麼重要的人生大事，丈夫依舊缺席。她的人緣好，即使退休以後，也常參加我們的聚餐和郊遊。

幾十年來，我們也一直走得很近。

後來，晶吉的丈夫中風了，那些閒花野草一拍兩散。丈夫要求回來，她點頭。薇說她，「笨死了。為什麼要這樣便宜他？應該讓他在外頭孤苦無依，看盡人間白眼，才知老婆恩重如山！」

晶吉無怨無悔，善待丈夫。

我知道，那是她鍾愛的人，一往情深，於是不計較他長年的背棄，只要他願意回來就好。我的心中有嘆息輕輕的滑落。

只要她願意，只要她真的覺得好，那麼，就真心給予誠摯的祝福吧。旁人都只是局外人，何必妄加置喙呢？到底是「吹皺一池春水，干卿底事」！

她像一朵臺灣茉莉，幽幽吐露著芬芳。這麼多年了，幾度春去春來，風過處，清香依舊不減。

宋・秦觀（一〇四九～一一〇〇）

【簡介】

字少游，又字太虛，號淮海居士。與黃庭堅、晁補之、張耒齊名，號稱「蘇門四學士」。然而，雖出於「蘇門」，卻不同於蘇軾的豪放，其婉約的風格，更接近柳永。由於秦觀仕途不遂，多有苦悶牢騷，所以其詞有文人失意的身世之感，但較多的篇章則是寫男女戀情的旖旎生活，流露消極傷感的情調。其詞的成就在於藝術技巧，筆法縝密，蘊藉含蓄，音律和諧優美，語言清麗自然，為婉約派之正宗。

【文學評價】

宋元間詞人張炎《詞源》云：「秦少游詞，體制淡雅，氣骨不衰，清麗中不斷意脈，咀嚼無滓，久而知味。」清朝《詞林紀事》引：「蔡伯世曰：『子瞻辭勝乎情，耆卿情勝乎辭，辭情相稱者，唯少游而已。』」《四庫提要》：「觀詞情韻兼胜，在蘇黃之上。流傳雖少，要為倚聲家一作手。」王國維《人間詞話》：「或曰：『淮海、小山，古之傷人也。其淡語皆有味，淺語皆有致。』余謂此唯淮海足以當之，小山矜貴有餘，但可方駕子野、方回，未足抗衡淮海也。」

相思誰寄

當我們走在人生的漫漫長途裡，我們會遇到許多事，也經常要做各種選擇。既是選擇，難為在「起手無回大丈夫」，已經決定了，反悔不易。

婚姻，尤其是。

既然已經選擇了和此人共度一生，也算是概括承受，不能見異思遷。要為自己的選擇負起責任，最好要能愛自己的選擇。此後的風景，山光水色固然好，風狂雨驟也要努力撐過。

多年以前，有個作家說，婚姻就像一盤蓋起來的菜，唯有打開蓋子，才知道那盤菜到底是青菜豆腐，還是滿漢全席？

有人問：如果那根本是餿了呢？

滿漢全席，固然歡天喜地。青菜豆腐，也能下嚥。倘若，它根本就是壞的，除了扔掉，又能怎樣？

的確，萬一那個婚姻的選擇是錯的呢？也可以重新選過，只是物換星移，再回首已百年身了。再選的，恐怕是另外的人，而不太可能是當年的候選者了。

進入婚姻的人們，有多少的風雨憂愁，午夜夢迴，或許會想，如果和另外的人一起生活，又會是怎樣的風景呢？會更好嗎？還是更糟呢？

又有誰能回答這個問題？只好歸咎於命運的播弄了。

夜深時候讀詞，讀到金・劉迎的〈烏夜啼〉：

離恨遠縈楊柳，夢魂長繞梨花。
青衫記得章臺月，歸路玉鞭斜。
翠鏡啼痕印袖，紅牆醉墨籠紗。
相逢不盡平生意，春思入琵琶。

離恨綿長，纏繞著依依楊柳，夢魂總是圍著梨花一般的玉容。他仍記得章臺月下的種種歡樂，歸時斜揮馬鞭，真有說不出的興味深濃。

獨自對著翠鏡，她傷心的淚滴沾染雙袖，紅牆上所題的詩句護著紗籠。相見匆匆，沒能說盡平生心意，且把心中的情絲融入琵琶細細加以調弄。

相愛的人卻總要分離，此後相思誰寄？世間的情事，終究成了一場夢。

可是，終結連理的，以後的故事又如何呢？

我的朋友認識了溫柔體貼的異性，羨煞了所有的人。結婚以後，才發現那竟然是噩夢的開始。對方的性格違常，聽到風來就是雨，而且掌控欲強，不得外出，也無法和外界聯繫，幸好她趁其不備而逃離，歷經艱難，總算保住了珍貴的生命。

她嚇死了，她跟我說，「寧可單身，自由自在。」

我以為，一朝被蛇咬，連看到草繩都怕。希望她慢慢脫離了不幸婚姻的陰影，能找到屬於自己真正的幸福。

可是，怎麼會這樣呢？難道她沒有先作多方的觀察嗎？其實，如果對方刻意隱藏，要發現，也並不是那麼容易。

我們說，選擇，要經過深思熟慮，更要有智慧。如果已經想清楚了，那麼，這個選擇應該就是最好的，是不需要後悔的。然而，有時，這也只是我們一廂情願的想法。運氣壞時，事情的發展竟然是在意料之外。

那麼，另外的選擇，果真會是更好的風景嗎？其實也未必。只是因為你畢竟沒有機會去走，於是，在想像裡，給了太多的美化。

或許在許多年以後，你有機會遇到當年那個未曾選上的人，這時，也已經歷過太多的離合悲歡，對人生不會有過分的幻想，你明白，一切都各有因緣，無法強求。

你的心中唯有祝福，祝福那個另外的人，屬於他的人生，也多的是好風景。

金・劉迎（生年不詳～一一八〇）

【簡介】

字無黨，號無諍居士。東萊（今山東掖縣）人。金代詩人。

早年是唐州幕官。大定十三年（一一七三年）以薦書對策第一，次年中進士，授豳王府記室，改任太子司經。大定二十年（一一八〇年）扈駕涼陘，以病卒。元好問在《中州集》中選其詩七十六首。其詞二首見於《中州樂府》。

【文學評價】

清人陶玉禾稱：「金詩推劉迎、李汾，而迎七古尤擅場，蒼莽樸直中語皆有關係，不為苟作，其氣骨固給予高也。」掖縣人劉迎家族是宋時的萊州名門望族。《鄭文公下碑》後有題跋，說：「政和甲午四月中澣，登雲峰觀巨浸，由東城覽劉氏園亭而歸。」此所謂劉氏園亭，即劉迎之家。現劉迎家族族人的墓誌已從此出土。其祖父劉助，封彭城侯，其墓誌文約三千字，具極重要的文獻價值。

欲說還休

只要當事人三緘其口，所有的婚姻在外人的眼裡，都是美好的。

我有個漂漂亮亮的朋友，結婚多年，兒女都大了，卻聽說：因為丈夫的脾氣過於火爆、強勢，兒子跟老爸處不來，已經成年而且做事的兒子因此決定遷出，住到外面去了。

彼此有個距離，不致相互干擾，比較能維持表面的和諧，對雙方來說，也或許是更好的吧。

只是，頗讓我這朋友難為，因為都是至親。若有衝突，相勸不易。尤其面對著壞脾氣的丈夫，連好言相勸也未必有效，有時甚至掃到颱風尾，自己也跟著挨罵受氣。

後來，我有機會見過她的丈夫，感覺也還好，或許雙方客客氣氣的，也就相安無事。

沒有想到幾年以後，我的好朋友跟我說：「只是一次誤會，錯還是在他，他竟然不容分說，大肆謾罵，詆毀中傷，話說得太難聽，真讓人以為是個瘋子。」我簡直無法置信。

知曉此事的人說：「他偏執成性，但不算太惡劣。」

原來，還有人遇過更可怕的。

當然好朋友也可以對簿公堂，訴諸法律，由於所有的資料，在電腦裡都有存檔，是可以立於不敗之地的，就讓法官來判定是非曲直吧。宅心仁厚的好朋友說：「難道需要走到這樣的地步嗎？事情的公開，不是更讓他的妻子顏面掃地，更加的難堪嗎？彷彿昭告了世人，她遇人不淑。」我的好朋友寬宏大量，終究隱忍不發。

另一個朋友也曾經跟他兩度交鋒，完全受不了，但是知道就好，敬而遠之就可以。在我聽來，也覺得好可怕。她跟我說：「妳一定沒有遇過壞人。」

的確是這樣，每個人都以善意待我，上天何其厚愛！人生的路我走得順遂，久了，竟然以為，壞人是在新聞裡、電影中。

可是，我遲早也都會遇到壞人的，深知誰也無可倖免，那麼該怎麼辦呢？

對於不順遂的事，卻又難以溝通弭平，媽媽曾經跟我說：「就像是出門踩到了狗屎，妳要對著狗屎生氣嗎？自認倒楣算了。」

只是，我接受儒家的習染太深，「君子絕交，不出惡聲。」我是謹記奉行的，不知，這樣的沒有聲息，會不會更顯得自己的居於弱勢？

得饒人處且饒人吧。我從來就相信，人在做，天在看。最終，上天必然還給好人一個公道。

說不定，我也只好安慰自己：事情總會過去的，時間將給予最好的答案。

的確，我都可以避著躲著，不相往來。可是，有的人真是可憐了，根本無法逃離，過的日子，只怕離順遂是很遙遠了。

我以為，一樣米養百樣人。朋友可以選擇，這是令我們慶幸的事。

美麗和才華，從來無法保證婚姻的圓滿。如果所遇非人，也只是悲劇了。

有人跟我說：「我從來不羨慕別人的美貌和財富，命好，比較重要啦。」人間百態，對我們，也是一種學習，甚至是啟發。有的人正向而溫暖，讓人即之也溫；有的人宛如狂風暴雨，還有雷電交加。可是，不幸遇到了，又能如何呢？

離婚嗎？離家出走嗎？千般牽扯，哪能萬緣放下？

哪個少女不曾有過綺麗的夢？然而，進入婚姻之後，不敵現實的摧毀，逐一幻滅。想那個美麗女子，只怕內心裡會有更深的悲哀，會不會也如清．王國維在〈點絳脣〉中所寫的：

屏卻相思，近來知道都無益。
不成拋棄，夢裡終難覓。
醒後樓臺，與夢俱明滅。
西窗白，紛紛涼月，一院丁香雪。

努力想要排遣心中的思念，近來終於明白全都是徒勞無益。拋棄一切辦不到，昔時的歡愛，即使在夢中也難以尋覓。醒後相會的樓臺，和那個夢境都一同隱沒了。只看到西窗泛白，原來是一片銀亮的月色，映現出滿院的丁香潔白似雪。

往日的歡愛，夢中也再難尋覓，畢竟都已遠去，人世間的苦楚，唯有獨自嚥下。這淒涼如何能解？多少事，竟也欲說還休了。

面對著人間諸多紛紜的事，你又是以怎樣的態度來看待呢？

幾次細思量，或許放下，才是真正的智慧。

清・王國維（一八七七～一九二七）

【簡介】

字靜安、伯隅，號觀堂、永觀。清末秀才，中國近代享譽國際的學者，在文學、美學、史學、哲學、文字學、考古學等各領域成就卓越的國學大師。與梁啟超、陳寅恪、趙元任，被稱為清華國學研究院的四大導師。陳寅恪認為王國維的學術成就「幾若無涯岸之可望、轍跡之可尋」。

【文學評價】

其文學評論著作《人間詞話》有云：「古今之成大事業、大學問者，必經過三種之境界：『昨夜西風凋碧樹。獨上高樓，望盡天涯路。』此第一境界也。『衣帶漸寬終不悔，為伊消得人憔悴。』此第二境界也。『眾裡尋他千百度，驀然回首，那人卻在，燈火闌珊處。』此第三境界也。」他所闡述的詞以境界為上的「境界說」影響極其深遠。

王國維的詞常帶有悲天憫人的情懷，對人生理想的追求是其核心主題，對人生哲理多所抒發。學者周策縱《論王國維人間詞》曾論：「往往以沉重之心情，不得已之筆墨，透露宇宙悠悠、人生飄忽、悲歡無據之意境，亦即無可免之悲劇。」

城裡城外

年少時，對愛情是憧憬的。

中文系的課程多的是詩詞歌賦，我們在校園裡閒閒的走著，迎晨曦，送落日，生活充滿了詩情快意。

我讀南唐．李璟的〈攤破浣溪沙〉：

手捲真珠上玉鉤，依前春恨鎖重樓。
風裡落花誰是主？思悠悠。
青鳥不傳雲外信，丁香空結雨中愁。

回首綠波三楚暮，接天流。

我捲起了珍珠簾掛上玉鉤，春恨依舊鎖在這重重的妝樓。風裡有落花飄零，不知誰能做主？我的思緒為之悠悠。

青鳥老是不傳來遠方的信息，雨中的丁香空結有如內心的愁思。回頭看見天色漸暮綠波浩淼，彷彿正要接天遠流而去。

春愁離恨思悠悠，這般清麗空靈的詞，多麼引人遐思。

愛情是美的，卻伴隨著種種憂思煩惱，那麼，婚姻呢？

人人都說，婚姻是一座圍城。

城外的人朝思暮想，一心想要進入城內。因為那符合世俗的期待，結婚生子，老而有所依靠，而且瓜瓞綿綿，也算盡了傳宗接代、承先啟後的責任。

城內的人呢？已經如願的進入了，卻遠非自己所想像，於是想方設法，千方百計，只想要脫身而出，還我自由之身。現實生活裡的種種瑣碎和不快樂，更加深了「婚姻是枷鎖」的怨懟。

其實都不容易。

說不定想要逃離，更是加倍的困難。尤其，在有了兒女以後，綑綁日深，考量更多，怎樣的決定，無論留或不留，走或不走，都是傷。

怎麼會這樣呢？

當初不是兩情相悅，願意「執子之手，與子偕老」的嗎？為什麼先前所有的甜蜜，都翻轉而為後來的痛楚？是因為「相愛容易相處難」？

我高中時候的學姊是個「氣質美女」，愛看書，頗有內涵，只是比較淡然；加以自視頗高，就像是「公主」一樣。

其實，人是很好的。在我眼裡，她像月光，美麗而清冷；不太像太陽，溫暖而熱情。

上了大學，畢業了，教書，後來也結婚了。

然後，我不時聽到她的抱怨。對丈夫老是感到不滿意，說是太不聰明了。對原生家庭的兄弟姊妹也不高興，說他們都太笨了，幫他們安排好的路，他們都不肯走。

我卻覺得，學姊未免強勢，會不會手足們原本也想遵循，然而，每個人的稟賦不同，能力也不一樣，他們也有可能「心有餘而力不足」，勸過就好。個人頭上一片天，相親相愛是重要的，何必自此生了嫌隙。如果導致漸行漸遠，豈不有所遺憾？

至於丈夫，也曾輾轉聽說他向人抱怨學姊：「結婚這麼多年以來，毫無長進。」

看來是雙方都看不順眼。

到底是誰說的呢？「唉，婚前，我們是跟對方的優點談戀愛。婚後，我們是和配偶的缺點一起生活。」

婚前婚後，果真大不同。

城裡城外，竟是兩般情懷。

南唐・李璟（九一六～九六一）

【簡介】

字伯玉，是五代十國時期南唐的第二位君主，史稱南唐中主。喜好讀書，多才多藝，書法尤佳，詞作有名，與其子李煜並稱「南唐二主」。其詞不事雕琢，感情真摯、風格清新。

【文學評價】

明代王世貞云：「花間猶傷促碎，至南唐李王父子而妙矣。」

南唐中主詞〈攤破浣溪紗〉的「小樓吹徹玉笙寒」是流傳千古的名句，王國維《人間詞話》評論：「菡萏香銷翠葉殘，西風愁起綠波間」，大有《離騷》中「眾芳蕪穢、美人遲暮之感」。

愛情易碎

原來，愛情比玻璃器皿還易碎。

結婚二十多年了，她發現一向老實規矩的丈夫居然有了外遇。晴天霹靂，不足以形容她的驚愕，於是爆發了家庭革命，她流淚控訴丈夫的不仁不義，親朋好友也都為她聲援。

丈夫認錯悔改，斷了外頭的閒花野草，希望兩人能重新開始。往事如雲煙，此後就別再提了。

她也點了頭。

可是，她發現，她完全做不到「船過水無痕」。或許外遇事件讓她太震驚了，她做夢都想不到丈夫居然會背叛。曾經背叛的丈夫說是回頭了，往後是否還會再犯？誰知道呢？

她的無法原諒，不肯放下，終究造成「覆水難收」。最後兩人還是離婚了。朋友們都為此事扼腕、嘆息。

可是，在愛情的領域裡，無論走進或走出都需要勇氣和決心。當年兩情相悅，決定要兩個人在一起時，總有人說好，給予祝福；也會有人不以為然，冷眼旁觀。

那麼，就聽從內心的聲音吧，自己的決定，就由自己來扛所有的後果。私人感情，干卿底事？

可是，人的感情難說。尤其，在一起以後，才真正看出彼此的相異和需要磨合的地方。有時候事情不是這樣的簡單，如果涉及人品和價值觀呢？實在無法相處時，那麼就考慮放手吧，讓雙方都有重新開始的機會。

走出，也一樣需要勇氣和決心。最怕因循苟且，一天拖過一天，徒然讓韶華逝去，餘生再也沒有翻身的機會。

清·況周頤的〈減字浣溪沙·聽歌有感·其二〉是她喜歡的：

惜起殘紅淚滿衣，它生莫作有情癡。人天無地著相思。

花若再開非故樹，雲能暫駐亦哀絲。不成消遣只成悲。

痛惜飄零的落花，淚水滿衣襟，來生再也不要成為這樣的癡情人了。人間天上都沒有地方安放得下這份相思。

樹上的花朵即使再開，那樹也已不再是舊時的樹了，歌聲即使能讓雲朵暫時佇足，也必定是寄託著沉重的哀思。不但無法排解憂悶，反而更添了心中的悲愁。

此生，情深的人注定是要為情受苦的。

這的確是她由衷的想法，或許仍有幾分天真吧？

可是，他們都不是當事人，又如何明白她心中的委屈和不平？那些曲曲折折的心事，又如何能說與旁人來聽？

唉，愛情果真是易碎，請千萬珍惜並且小心輕放。

她還是願意相信：走出，也是一種祝福，給予自己的以及對方的。

清・況周頤（一八五九～一九二六）

【簡介】

原名周儀，字夔笙，一字揆孫，晚號蕙風詞隱。臨桂（今廣西桂林）人。晚清詞學四大家之一。

【文學評價】

尤精詞評。著有《蕙風詞話》五卷，三二五則，是近代詞壇上一部有較大影響的重要著作。一九三六年《藝文》月刊又載《續編》二卷，凡一三六則，輯自況氏各種雜著。一九六〇年，人民文學出版社取正續兩編為一集，統名《蕙風詞話》，與王國維的《人間詞話》合刊出版。況周頤的詞學理論，本於常州詞派而又有所發揮。他強調常州詞派推尊詞體的「意內言外」之說，乃「詞家之恆言」（《蕙風詞話》卷四），指出「意內為先，言外為後，尤毋庸以小疵累大醇」（《蕙風詞話》卷一），即詞必須注重思想內容，講究寄託。又吸收王鵬運之說，標明「作詞有三要，曰：重、拙、大」。他論詞突出性靈，以為作詞應當「有萬不得已者在」，即「詞心」，「以吾言寫吾心，即吾詞」，「此萬不得已者，由吾心醞釀而出，即吾詞之真」。強調「真字是詞骨，情真、景真，所以必佳」。但亦不廢學力，講求「性靈流露」與「書卷醞釀」。有其自具特色的詞論體系。此外，論詞境、詞筆、詞與詩及曲之區別、詞律、學詞途徑、讀詞之法、詞之代變以及評論歷代詞人及其名篇警句都剖析入微，往往發前人所未發。朱孝臧曾稱譽這部詞話，認為它是「自有詞話以來，無此有功詞學之作」（龍榆生《詞學講義附記》引）。

想起當年

她溫婉有禮，待人客氣，話不多，然而，的確國文程度超優。

上課的筆記寫得之好，簡直讓人嘆為觀止。教授講述的重點，當然全都筆錄了下來，連題外話、笑話、故事，也都不曾放過，鉅細靡遺，全都寫下。厲害吧？可是，明明筆錄的速度根本無法趕上說話的快捷，因此，她的筆記一律用文言文書寫。很強吧？

這是我們讀書時候的事了，後來，她結婚了，懷孕了，生產了。生了一個兒子，多麼讓人替她高興；然而，產假結束，竟發現她的婚姻出現了危機，已然不保。

就在待產期間，丈夫瞞著她，和分手的前女友死灰復燃。他們打算結婚，為此雙方都必須先離婚，才有共結連理的可能。至於剛生下的兒子因為是金孫，婆家不肯放手，逼她離婚讓位。

原來，當年前女友，另結新歡，結婚去了，他在失意之餘，找她來當「墊背」的。她扮演的，居然只是一時的替代品。

愛情裡的替代品是悲劇，婚姻更是。

她知道，她唯有離去，走自己的路，才能保有起碼的自尊。

真是倒楣。人人都替溫婉的她大抱不平。但是，又能怎樣呢？幸好娘家母親仍在，願意接納這麼一個離緣的女兒，因此她搬回和母親同住，不致孑然一身、徬徨無所依。只是，她的心會不會還是飄泊的呢？

這多麼像是一場人生鬧劇啊，可是，卻深深傷害了她。

也因為有過這樣一次不幸的婚姻，從此，她不再過問感情事，除了教書以外，虔心禮佛。

或許，清淨無染也是一種「好」吧。

讓人想起清．王國維的〈蝶戀花〉：

閱盡天涯離別苦，不道歸來，零落花如許。
花底相看無一語，綠窗春與天俱暮。

待把相思燈下訴，一縷新歡，舊恨千千縷。
最是人間留不住，朱顏辭鏡花辭樹。

飄泊天涯，嘗盡了離別之苦，終於盼到了歸來，然而花兒早已零落。我和她在花底下重逢，卻彼此默然無語，曾經的滿窗綠色和窗前身影，就像天色一樣，無可挽回的進入黃昏。

在燈下，想把相思細細傾訴，一點微小重逢的歡愉，卻伴隨著千萬縷分隔的痛苦。人世間最留不住的是歲月，殘忍的帶走了鏡中的紅顏和枝頭上的春色。

有多少淒涼惆悵，令人為之低迴不捨。

當高中的國文課本，文言與白話的比例之爭，鬧得全臺沸沸揚揚時，我總是想起了她當年的筆記，以及超優的國文程度，多麼令人驚嘆。

心的傷痕

她像一朵美麗的花，內心的深處曾有一道傷口。她以為，經過了這麼多年，當然早已癒合。

她有過一次婚姻。這麼說，必然意味著兩人早就分手了。

認識得很早，在大學時。學生時代的戀情，清純很多。不見面時，思念；見面時，吵鬧不休。真是一對歡喜冤家。兩個人都好看，也登對；可惜脾氣都不好，一點細故，就如火之燎原，吵得不可開交。年輕時，倒也是越吵越甜蜜。

她會讀書，讀臺大中文，畢業以後到彰化的一所鄉下國中教書。男友讀的是警官學校，人也長得英挺有型，後來分派到南投的草屯。

距離不遠，假日必然相會，她總是歡歡喜喜的前往，卻又嘟著一張嘴，黯然回返。因為兩人又不歡而散。回到學校宿舍，她又開始思念起男友種種的好，滿懷希望的再相會，結果依舊不歡。竟然就是這樣的周而復始，無有止時。

「還是結婚吧。」畢竟認識多年，這是雙方的心願，很快的就著手準備舉行婚禮。過程的枝枝節節，當然也有得吵了。後來母親把兩個人都叫去面前責罵：「結婚就是大人了，還吵個不停。家和萬事興，你們兩個都要牢牢記住。」

如果牢牢記住，大概就不會有後來的分手了。畢竟年輕氣盛。

房子買了，在丈夫工作的小鎮。

她懷孕了，生下了一個兒子，交給娘家母親帶，母親住臺中。

想來不是辦法。第二年，她調回臺中的國中教書，可以住在娘家，一起照顧孩子。就在這個時候，丈夫卻遠調臺北。相距日已遠。

婚姻在兒子兩歲時破裂，原因很多，兩個人都倔強，不肯相讓。加以彼此價值觀的距離，聚少離多，吵鬧不休，讓雙方的情分越來越薄。

即使當年曾經深深相愛的兩個人，後來，這個婚姻也實在是走不下去了。

不能說她沒有怨怒，多少個獨眠的夜晚，深閨清冷，都讓她想起南唐・盧絳的〈菩薩蠻〉：

玉京人去秋蕭索，畫簷鵲起梧桐落。

欹枕悄無言，月和殘夢圓。

背燈唯暗泣，甚處砧聲急。

眉黛遠山攢，芭蕉生暮寒。

自從那個人去了京城以後，只覺一片秋意蕭索，在彩繪的屋簷前，但見鵲鳥飛起，梧桐的枯葉飄飛落下。一個人斜倚在枕上，默然無語，月卻隨著殘夢而變團圓。

背著燈光，暗自飲泣，何處傳來擣衣的聲音，一聲急過一聲。雙眉聚簇恰似遠山，聽著芭蕉葉在風中的聲響，更覺得長夜多麼淒寒。

寒夜秋聲，偏又月圓，就在輾轉難眠的夜晚，心中又有多少傷感之情。

離婚後，兒子歸她，房子賣掉，所得作為兒子的教育費。

離婚時，她還算年輕，竟發現行情一夕翻轉，別人來介紹，不是鰥夫就是老頭，什麼意思？只因為她還有個拖油瓶。多麼現實。

相貌堂堂的前夫早就再婚，生有兒女一雙。兩家沒有往來，也是因為不方便吧。

二十多年後，兒子大學畢業了，工作有一搭沒一搭的。卻聽說，前夫把女兒弄進了公立學校教書，一勞永逸的金飯碗，讓人羨慕。那這個兒子呢？前夫居然不聞不問，是疏離，使得原本有血緣的父子竟然成了陌路。

兒子辛苦的生活，收入微薄，勉強養活自己罷了，哪敢冀望其他？

要兒子跟他父親聯絡，一直沒有下文，親情如此澆薄，也是可憐，然而，不也就是命嗎？

午夜夢迴，想到這些，她仍是心酸的。

難道當初不應離婚嗎？

她無法回答。

她的心中有一道傷口，很深很深。都事隔二十多年了，想來傷口早就癒合了，其實從來沒有，它仍隱隱作痛，尤其在夜闌人靜的時刻。

南唐・盧絳（八九一～九七五）

【簡介】

字晉卿，江西省分宜縣人。舉進士不中，曾流浪江湖，從事屠販，後仕於南唐，用為樞密使承旨，授沿江巡檢。宋軍攻陷金陵，久之始出降，被宋太祖斬殺。

【文學評價】

史家論曰：「盧絳鮮克有終。而才略縱橫，倔強不屈，殆亦有足取者焉。」

唯一的傳世之詞〈菩薩蠻〉，寫閨中秋夜懷人的心思，清人陳廷焯評此詞：「如怨如慕，極深款之致。」

思念的回眸

在我們的一生中，有些身影，讓人難忘。

她從小雖然不能說是錦衣玉食的長大，卻也備受寵愛。爸爸做生意，媽媽在銀行上班，是很正常的家庭，作息也規律。爸爸媽媽都很疼她，呵護備至，她像小公主一樣的長大。她以為，這樣幸福美滿能到永遠。

我們是中學的同班同學，也是好朋友。

她的家境寬裕，所以，高瞻遠矚、頗有資產的父親，就決定在臺南購屋一棟，給將來離家前往讀書的兒女和晚輩住。我因為家在鄉下，通勤不方便，起早趕晚也太辛苦，因此搬了去一起住。

那時候，我們兩個人是最先住進去的。

好朋友每到晚上就不見了，不曉得去了哪裡？我一個人在安靜的環境裡寫作業，也準備第二天的功課。

隔了好一段日子，我才明白，好朋友的姑姑跟她介紹了一個男朋友，因此她忙著約會。至於，那個男子長得什麼樣子？做什麼的？奇怪的是，她從來不曾跟我說。也許她認為我很天真，說也是白說，不能領會。說不定提了，我還會很煞風景的跟她說，「還是讀書吧，韶華易逝讀書好。」

學校的課業越來越繁重，我乖乖的讀書，應付考試，不成問題。

至於她的功課，是怎麼對付的，我也不曉得。

有一天晚上，她回來，竟然全身是傷，怎麼會這樣？

她只是流淚，不發一語。

原來事機敗露，父親大怒，動手打了她。可是，太晚了，她早已為那男子墮胎過多次。

那男子不好，品行不端，她還護著他，看來是一往情深。可是，不是自家姑姑介紹的嗎，難道不曾打聽清楚？

仔細追究起來，是姑姑戀上了有婦之夫，在那麼一個保守的年代，「不倫之戀」是很受議論的，背後的指指點點不能免。可是她居然介紹了對方的姪子給自己的姪女，不知安的是怎樣的心？我不相信，她姑姑全然不知對方的人品。

真不該替她牽了這樣的紅線。

畢業以後，我們就離開臺南，各奔東西了。

聽說，她早已結婚，很慘，丈夫不事生產，還家暴，又賭錢，婚後的日子可想而知。

可嘆她是傳統女性，從一而終，更是苦了自己。

想到她曾經有過的如花的歲月和純真爛漫的心情，多麼讓人同情。

記得清．黃燮清的〈浪淘沙〉：

秋意入芭蕉，不雨蕭蕭，閒庭如此好良宵。

月自纏綿花自媚，人自無聊。

別恨幾時銷，認取紅綃。鳳箏音苦雁書遙。
醒著欲眠眠著醒，燈也心焦。

秋風吹拂著綠色的芭蕉葉，縱使沒有下雨，卻也聽得雨聲瀟瀟，閒靜的庭院正當如此良宵。月色多情，花兒明媚，我卻只覺得孤單清冷。

別離的悵恨幾時才得消除，請看我紅絲帕上的斑斑淚痕。箏弦傳來的音調淒苦，雁書的蹤跡杳然，醒著想睡，睡著想醒，不停的飽受煎熬，連燈也為我感到心焦。

獨守夜晚的淒清，而丈夫不知何處？或許飲酒作樂去，或許又賭錢去？

當年漂漂亮亮的小公主，結局卻是個悲劇。

我在微寒的冬夜，想起此事，不知故人是否安好？心中的思念殷切，想起我們曾一起生活的日子，她清秀的臉龐清晰的浮現。多少年都過去了，讓人懷念的，不只是往日的時光，還有我們那永不復返的青春。

清．黃燮清（一八〇五～一八六四）

【簡介】

晚清詩人、劇作家。原名憲清，字韻甫，號韻珊，又號吟香詩舫主人。浙江海鹽武原鎮人。道光十五年（一八三五）舉人，後屢試不第，晚年始得宜都縣令，調任松滋，未幾卒。少工詞曲，中年以後始致力於詩文。其詩多抒寫個人不平遭遇及人民的生活疾苦，詠史弔古之作深沉豪放，頗具特色。有《倚晴樓詩集》及《倚晴樓七種曲》傳世。

【文學評價】

才思富贍，詩、詞、曲均所擅長，尤工詞。他的詩，早年學漢魏，多摹擬之作。中年以後，由於政治上的失意，寫了不少抒發個人抑鬱不滿和反映人民疾苦的作品。特別是鴉片戰爭時期的〈吳江嫗〉、〈十一月朔日大雪〉諸詩，深切的表示了對國家命運和人民苦難的關注。這些詩在藝術上質樸暢達，情見乎詞。這一時期是他詩作最有成就的時期。此外，他還有不少弔古詠史的作品，借古諷今，深沉豪放，如〈廣陵吊史閣部〉、〈黃天盪懷古〉等，頗為人所傳誦。一些小詩，如〈長水竹枝辭〉等，也頗清新流麗，自具特色。他的詞，除〈水龍吟〉、〈題沈曉滄年丈炳垣月夜渡海卷〉等少數憂時感遇的篇什外，大多題材狹窄，選詞造名，亦多雕琢痕跡。晚年寫作的〈滿江紅〉、〈題施庭午茂才杞憂草〉一類內容較為充實的詞，對「徵調可憐財賦盡，流離但覺乾坤仄」的社會現實，作了生動如實的反映。他所撰傳奇，文詞典麗。

秋閨深院靜

天到底有多寬，地到底有多闊，誰知道呢？

她只知道，如果自己有豁達的心胸，多有包容，那麼，世界在眼中也就天寬地闊了起來。

走到了人生的黃昏，仔細思量，對過往的一些事，竟然有了和年輕時不同的看法。

兒子兩個月後就要結婚了，他很優秀，是個醫生，能找到合宜的人生伴侶，此後，將有屬於自己的甜蜜家庭，她心中快慰。醫生的工作太忙了，有人陪伴照顧，也讓她放心不少。

她大學畢業後，教書。兩年以後，結婚。丈夫是醫生。兒子出生以後，她不放心交給保母帶，於是自動離職，在家相夫教子。丈夫的收入豐厚，她不教書，也無妨。有人說，小心，黃臉婆恐怕會敗給外頭的閒花野草。她不擔心，因為，丈夫所有的收入都在她的名下。身邊沒有錢，哪會有什麼戲唱？

兒子讀國中的時候，丈夫外遇，對象竟是診所裡的護士。丈夫執意離去，和那個小護士到南部另起爐灶。連兒子也不要。她氣死了，揚言要兩百萬的贍養費。丈夫根本沒錢，勢必知難而退。這時，公公跳出來，說：「這錢，我願意給。」婚因此離了。

婚姻的幻滅，對她，是一個很大的打擊。有一段很長的日子，她夜夜無法入睡。那情景，一如南唐．李煜的〈搗練子．秋閨〉：

深院靜，小庭空。斷續寒砧斷續風。
無奈夜長人不寐，數聲和月到簾櫳。

深深的院子分外寧靜，小小的中庭悄無人跡。時強時弱的秋風中傳來了斷斷續續的擣衣聲。無奈裡更覺得暗夜的漫長，人更加難以入睡，何況，還有那砧聲，伴隨著秋月，透過窗櫺，不時傳入耳中。

縱使如今沒有砧聲可聞，然而，對輾轉終夜、難以入眠的人來說，夜裡的聲響也多，如有人的說話聲、車聲、蟲聲、風聲……哪裡會是靜寂的呢？

在那個時候，重回教職已經很困難了。流浪教師日益增多，何況她離開職場也有十多年了，即使她大學讀的是高師大，本科系。想找個教書的位子依舊困難重重，她因此回娘家，在臺南鄉下，靠哥哥的關係，總算成為一個國中的代課老師。先找個棲息處，好幾年以後，她轉到高中任教。

她沒有任何的退路。書也教得認真，頗有口碑。

她仔細檢討自己的人生，婚姻的失敗，她也難辭其咎。能說錯全在對方，而自己都是對的嗎？她能幹，口才便給，當道理站在自己的一邊時，她從來就是得理不饒人，說起話來咄咄逼人，直讓對方啞口無言。長期下來，丈夫越來越沉默，她還以為，是工作的壓力大，太累了。

這樣的強勢，形成了她的風格，連在婆家也不知收斂，經常得罪了公婆還一無所覺。

導火線是有一次小叔打電話來，丈夫接的，到底說了什麼，她不曉得。第二天，丈夫跟她說，小叔急需十萬塊，他剛才已經匯出。她聽罷大怒，逼著丈夫一起上郵局，硬把那筆錢給攔截下來……

從此，彼此再也不相聞問。

這個婚姻的不能維持，她的確也有部分的責任。

離婚以後，她努力和原來的婆家保持著善意的互動。在寒暑假時，帶著兒子前去探望公婆，公婆有事，她也盡可能的前往協助，生日過年都給紅包，紅包不大，卻也是一番心意。

丈夫離婚後很快的再婚，又生了兩個孩子，也或許，孩子要養育要栽培，新太太越來越在金錢上計較起來；也可能是忙，對公婆也少有往來，更別提噓寒問暖了。

若遇有事要商量，公婆找的是她這個離緣的媳婦。

她常想，如果當年她能做到這樣，哪裡會有後來的坎坷人生路？可是話又說回來，如果不是婚姻觸礁，她哪會痛定思痛，而有今日的圓融呢？

走到了人生的傍晚，她很高興，兒子有出息，她在教書裡也得到了很多的快樂，她的人緣越來越好。比起當年，如今的她寬闊、悲憫和體貼，這也算是一種收穫吧。

能日有進境，多麼讓人開心。

卷四

青山依舊在，幾度夕陽紅

青春夢痕

「十七歲的時候，你做些什麼呢？」她快言快語，說話有趣，想法則天馬行空，漫無邊際。

有一天，她跟我說：「我想來寫小說。」

「好啊，先寫來看看。」

她才十七歲，仍在父母的羽翼下成長，備受呵護和疼愛。沒有任何的人生經驗，離合悲歡都在遙遠的他方。

到底她能寫出怎樣的小說呢？

她交來了，是一篇愛情故事。

她說：「愛情的面貌百百種，各有不同，沒有人能說我寫的不是愛情。」這話也有道裡，也可見她的聰慧和觀察的仔細。

只是，她的故事裡到底有幾分真實，恐怕還是想像的多吧？可是，另有一種天真可愛，然而，只看一篇，還是沒個準。我以為，還得看後續的發展。尤其，她能堅持到幾時？

在寫作的漫漫長途裡，堅持有多麼的困難！

那是個沒有電腦的年代，我給了她幾份報紙副刊的地址，或許她可以試試。

文章順利的刊出，在晚報上。

然後她展開了投稿歷程，又寫又投又登，風風火火，熱鬧滾滾。

二十歲出書，躋身在作家之列，已屬早慧。真是卓然有成，背後的辛勤和堅持，則令人佩服。世上無僥倖之事，一切都來自她的努力。

不過，她畢竟很年輕，未來還有遙遠的路要走。

我曾讀過清．陳銳的〈望江南〉：

春不見，孤負可憐春。

淡柳鎖愁煙漠漠，小闌扶恨水粼粼。往事已成塵。

人不見，孤負可憐人。

花下又逢三月雨，夢中猶隔一條雲。風露夜紛紛。

春天不見了，我辜負了可愛的春光。漠漠的煙柳垂下淡黃的枝條，彷彿緊緊鎖著哀愁；粼粼的水波圍繞著曲闌，觸目都成怨。往事紛然，零落成塵，哪堪回首。

那人已離我而去，我辜負了可憐的伊人。三月的花剛剛開放，卻又遇上了冷雨。那夜夢裡見到她，雙方還遠遠的隔著一抹孤雲。在這個不眠的夜啊，只覺風來寒涼，露水紛紛。

這樣的淒迷氛圍，距離她也是遠的吧。真心祝福她此生「不負韶光不負人」。

很多年後，我想起這件事，覺得她選擇的方向是對的。

在愛情的領域裡，沒有所謂的專家和達人，誰能教導誰呢？也無非是一己的想法，交換參考而已。不同的人有相異的選擇和決定，也都影響了未來的發展和結局。

人是可能變的，分分合合，無論歡喜和流淚，最後都成了一聲嘆息。

難道不是這樣？

清・陳銳（一八六一～一九二二）

【簡介】

字伯韜，號袌碧，武陵（今湖南）人。自小聰慧，深得父親喜愛，在父親介紹下，師從晚清擬古詩派的王闓運。光緒十九年考中舉人，六十二歲病歿於故鄉。主要著作為《袌碧齋集》，含括詩五卷、詞一卷、文一卷，詩話詞話各一卷。另著有《讀經史箚記》、《夢鶴庵詩集》、《秋出吟詞稿》等。

【文學評價】

擅長詩文，是與易順鼎、王以慜齊名的湘西三才子之一。江西詩派的泰斗陳三立認為陳銳「深湛好思，奇芬潔旨，抗古探微」。錢鍾書評價陳銳的詩歌成就高於老師王闓運，說：「袌碧齋之精湛」，「智過其師，青出於藍」。陳銳在晚清詞壇有崇高的地位，與王鵬運、鄭文焯等人齊名，被推為一代詞宗。

心中的歌

你的心中有沒有一首歌？夜深人靜時，只唱給自己來聽？可是，夜深時候，我多半都在讀書。閱讀，也特別讓我覺得開心。且來讀唐・李白的〈菩薩蠻・閨情，一作「別意」〉：

平林漠漠煙如織，寒山一帶傷心碧。
暝色入高樓，有人樓上愁。
玉階空佇立，宿鳥歸飛急。
何處是歸程？長亭更短亭。

望著平林，眼前是迷濛的一片，暮靄瀰漫，飄漾如織，遠處的山透著荒寒，那碧綠竟呈現出傷心的顏色。暮色由遠而近，進入高樓，樓上的人滿懷幽愁。站立在玉階上許久，想來也只是一場徒勞，這時只見歸鳥急著飛回。到底何處才是我回家的路？舉頭所見，只有無盡的長亭連著短亭。

以自然的景物來反襯人的鄉愁，讓人為之低迴無語。這樣的一闋好詞，吟詠起來，不也如歌一般？你覺得呢？

我的歌聲不行，我說的是實情，可是沒有人肯信，還當我是客氣呢。他們說：「妳的聲音很不錯啊，不可能不會唱歌的啦。」可是，說和唱，相距何以道里計？

也許，你會說：「高歌一曲，不就立見真章了嗎？」只是歌不成調，就怕聽者紛紛倒地，倘若出了意外，那還得了？責任誰負？我可擔待不起。說得好似危言聳聽，卻也只是實話罷了。

偏偏我的朋友裡，有的人是聲樂科班出身，還有些人一直是合唱團的臺柱團員，更有不少人是KTV的擁護者，沒事就在唱歌，跟著興趣走，精益求精，歌藝日有進步，也更刺激了「更上層樓」的求好心切。我如此一想，就自知不敵，哪裡還敢開口唱?藏拙都來不及了。

這也可能是我歌藝不佳的主因，先天不足，後天失調。每況愈下，也就只好認了。

可是，我雖然沒有勇氣在大庭廣眾間高唱，唱給自己聽聽，也是開心的。有一陣子我還打算雪恥圖強，找了好朋友來教，歌是需要一再練習，方有佳績；可惜，凡事起頭難，練唱不久，我就豎起了白旗，放棄了我原有的企圖。

偶爾哼哼唱唱，只給自己聽，雖然沒有掌聲，我也覺得很好。跟著CD唱，跟著電腦唱，跟著廣播唱，唱得不好，也沒人知道。只可自怡悅，心中也是歡喜的。

我的媽媽從來就很忙，家務多，每天都像陀螺一樣的旋轉不休。後來我們長大了，紛紛離家求學和工作。我在鄰鎮教書，離家算是近的，得以每週返家，探視雙親。父母的年歲慢慢大了，幸好，他們喜歡看書，又因為感情好，常在一起聊天……

有一天，我突然聽到媽媽在唱歌，歌詞無法辨識，或許是她年輕時所唱的歌。歌聲並不怎麼樣，有一點像兒歌，乾澀而少有共鳴。呵呵，我終於明白，我的不會唱歌，恐怕也是其來有自，不免莞爾。

有時候，我獨自一個人時，也唱唱歌，好壞不論，只是一種心情的抒發罷了。哼哼唱唱，高興就好。

學會游泳以後，或許是肺活量有些增進，唱歌更覺得輕鬆，可惜練習依舊不夠，仍然看不出有什麼成效。

唱歌，可以自娛，平日我常哼唱的，多半是往日曾經風行一時的歌。或許，我是懷念那些過往的時光吧。隨著歌聲，讓我的心又重回無憂的昨日，那時，我正年輕，青春如花。

唐・李白（七〇一～七六二）

【簡介】

字太白，號青蓮居士，有「詩仙」、「詩俠」等稱號，與杜甫合稱李杜。才華洋溢，作品內涵豐富，眾多詩篇成經典，傳頌千年而不絕，有《李太白集》傳世。自五歲接受啟蒙教育，十歲開始讀諸子史籍，學習內容廣泛。少年時期即喜好作賦、劍術、神仙、奇書；青年時期開始在中國各地遊歷。曾拜縱橫家趙蕤為師，學習一年有餘，對他產生深遠的影響。

中年時期，於玄宗天寶元年曾供俸翰林。但其桀驁不馴的性格，不到兩年便離開了長安。於洛陽結識杜甫與高適，成為好友。晚年時期，於安史之亂爆發後，曾應邀作永王李璘的幕僚，後因永王觸怒唐肅宗被殺後，李白因而入獄，因郭子儀力保，得以免死。晚年於江南一帶飄泊，後投奔其族叔任職縣令的李陽冰，最後病逝於寓所。舊唐書載，李白飲酒過度，醉死於宣城。另有傳說，他於舟中賞月，因下水撈月溺死。也因此說，後人將他奉為水仙尊王之一，可庇佑水上貿易商人、船員與漁民。

其詩浪漫奔放，才華橫溢，行雲流水，宛若天成，傳誦千年而不絕。

【文學評價】

一生創作大量詩歌作品，涉及題材廣泛，內涵豐富，融合百家之說。鍾好古體詩，擅長五言古風、樂府詩與七言歌行；近體詩擅長五言絕句、七言絕句。也寫五言律詩、七言律詩。創作風格浪漫，極富個性的抒情色彩，內容蔑視庸俗與反抗權貴，把南朝以來華靡的文風帶到創造性的發展路途。想像豐富，比喻生動，擅長運用樂府民歌的語言，自然率真。其詩作對後世產生的影響深刻，無可估量。

杜甫對李白評價甚高，稱讚他的詩「筆落驚風雨，詩成泣鬼神」（〈寄李十二白二十韻〉），「白也詩無敵，飄然思不群」（〈春日憶李白〉）。韓愈對其極為推崇，曾云：「李杜文章在，光焰萬丈長。」（《調張籍》）。唐文宗曾下詔將李白的詩、裴旻的劍舞、張旭的草書稱為「三絕」。白居易曾做〈李白墓〉一詩追念：「可憐荒隴窮泉骨，曾有驚天動地文。」

轉角，看到希望

這些年來，在堂叔的身上，發生了許多事。

好幾年前，接近除夕的前一日，他從醫院下班開車回家途中，在擁擠的車流之間，發生了重大的車禍，車毀，人住院。幸好沒有傷及他人性命，相形之下，也讓後續的處理變得比較簡單。大家都認為，他一輩子視病猶親，必然積了很大的陰德，方能和死神擦肩而過，保住了珍貴的性命，但也因此住了很長一段時間的醫院，同事們還以為他可能從此癱瘓臥床。幸好吉人自有天相，堂叔在康復後，照舊行醫，日子過得依然虎虎生風。

後來他中風，第一次努力復健，完全恢復了健康。第二次就很吃力了。曾經在使用ㄇ形助行器時摔倒，從此心存畏懼，再也不肯練習走路了。他自己是醫生，不會不知後果的嚴重，可是沒有人能說得動他。也許是一時之間，他太沮喪了，他認為看不到未來的遠景，於是不肯振作起來。低落的情緒，是需要鼓舞的。

病太重，或者拖延的時間過長，並不是人人都夠勇敢，能越戰越奮起的。加以高齡八十，畢竟歲數已大，有更多心理上的障礙需要克服。想想看，即使是英雄，也怕病來磨，何況我們都是凡夫俗子。

只是堂叔的病，特別令我不忍。

他一直對我提攜愛護，尤其在寫作的路上鼓勵有加，常讓我感念在心。

堂叔的父親是我們的伯公，曾經有恩於家父。家父是廣東偏遠鄉下種田人家的窮小孩，方讀高一，升學像是遙不可及的星辰，卻也因此執意不肯放棄。伯公嘉許他的壯志，特地攜往香港續讀高中。那時候伯公已飛黃騰達，疼惜家鄉晚輩願意上進的心，讀了兩年，還未畢業，香港淪於日寇之手，準備各自逃難去。臨別之際，伯公詢問家父有何打算？家父說：「還是想要繼續升學。」於是歷盡艱難，返回廣東，以流亡學生的身分考入中山大學，完成學業……香港兩年，時間並不算長，可是，那是人生的轉捩點，站在一個重要的改變樞紐上，伯公的助其一臂之力，功不可沒，父親也一直視伯公為生命裡的貴人。

後來，伯公和家父在臺灣相逢，對伯公，家父一直執禮甚恭，對其恩澤不敢一日或忘。

堂叔是恩人的兒子，我們兩家素有往來。堂叔讀書時，家道中落，已無依傍，靠的是自立自強，考進公費的國防醫學院。我們家三遷四徙，最後落腳臺北，堂叔則一直都在臺中行醫。家父晚年常有健康上的問題請教堂叔，熱心的堂叔經常寫信來，洋洋灑灑，給了很多的協助和鼓勵，我們都很感激。

如今，伯公早已辭世多年，家父母在天上，這些年來，堂叔接連幾次病苦，身體也逐漸衰弱，他們都曾歷經大時代的變革以及戰亂流亡，備極辛勞，但也更為堅苦卓絕，讓人佩服。

明．楊慎的〈臨江仙〉，一直是我所喜歡的：

滾滾長江東逝水，浪花淘盡英雄。是非成敗轉頭空。

青山依舊在，幾度夕陽紅。

白髮漁樵江渚上，慣看秋月春風。一壺濁酒喜相逢。

古今多少事，都付笑談中。

長江的波濤不斷洶湧的向東流去，再也不回頭，歷代曾有多少英雄豪傑都像翻滾的浪花，消逝在歷史的長河中。無論是對或錯，成功或失敗，轉眼間就不存在，只是一場空啊。只有青山依然存在，歲月流轉，日昇日落依舊。

白髮老翁在江上捕魚，在小洲上砍柴，早已習慣了春夏秋冬四季的更替。難得和老朋友相見，一起高興的喝上幾杯酒，唉，歷史上發生的多少大事，也不過成了下酒的閒談話題罷了。

這闋詞的氣勢磅薄，撼動人心。

在大時代的洪流裡，一己的禍福悲喜，真的也不過像是海上的浪花，多麼的卑微而不足道。

然而，我們仍應以珍惜的心來看待此生。人生，是一條漫漫長途，不可能事事順遂，盡如己意，所有的風霜橫逆都不能免。

但願，不論有多少風雨困頓，我們都能時時正向思考，勇於堅持，就在人生的轉角處，終究遇見了希望。

明・楊慎（一四八八～一五五九）

【簡介】

字用修，號升庵，新都（今成都）人。年僅二十四歲時即進士及第，是蜀中（四川）在明朝的唯一一名狀元。蘇軾之後，精通詩詞文賦曲者，除了楊慎之外別無二人。楊慎文學創作之餘，還擅彈琵琶，致力於經史、書畫、訓詁、音韻等各方面，是學術創作全才。

【文學評價】

最著名的長篇彈唱敘史之作《二十一史彈詞》總共十段，陳述三代至元、明末歷史，第三段說秦漢的〈臨江仙〉的名句：「滾滾長江東逝水，浪花淘盡英雄。是非成敗轉頭空。青山依舊在，幾度夕陽紅。」成為廣為傳誦的千古絕唱，也是清初文學批評家毛綸、毛宗崗父子批註在羅貫中《三國演義》的開卷詞。

《明史》稱其：「明世記誦之博，著作之富，推慎為第一。詩文外，雜著至一百餘種，並行於世。」百餘本著作經後人選輯整理為《升庵集》。

明人周遜《刻詞品序》說他是「當代詞宗」，清人胡薇元《歲寒居詞話》說：「明人詞，以楊用修升庵為第一。」

晨霧

會不會就像是一襲夢的紗裙，在迷濛裡，訴說著傳奇？

平地偶爾也會有晨霧的出現，但機會不是很多。也幸好這樣，要不然車多人多，亂成一團，只怕交通事故會跟著大量增加，萬一有了傷亡，總是不美。

晨霧，最美的是在山上。或許因為山上遠離塵囂，空氣鮮潔，晨霧因此更為朦朧，如夢似幻。大學四年，在華岡讀書。看多了晨霧的美，我們在霧裡走著，也許要去吃早餐，也許只是晨間散步，也許正步伐匆匆，趕著要去上課……

優閒的心情，才能欣賞到晨霧的美。如果急著趕路，或心中有事，縱使眼前的風光再美，恐怕也一無所見。君不聞，有人視若無睹？美景，也是浪費了。

難怪現代人要提倡慢活、慢讀、慢享。請放慢腳步，才能看到每一張迎面而來的臉孔，或歡欣或憂愁或凝重或驚慌，不同面容的背後都有著各自的故事。也只有慢慢的走，我們才看得見更多美好的風景，如晨霧，如夕照，如陰雨，如晴天。

在我的一生裡，大學的歲月夠優閒，因為母親說：「在我們的人生中，讀書的時光很短，所以好好的讀，不必辛苦打工，因為將來工作的時間是很長的。」我因此快樂的過了四年，那是回憶裡的晶鑽，永遠閃著迷人的亮光。

畢業以後，有許多對山的想望和懷念。

有一天，我讀到宋．潘牥的〈南鄉子〉：

生怕倚闌干，閣下溪聲閣外山。
惟有舊時山共水，依然，暮雨朝雲去不還。

應是躡飛鸞，月下時時整佩環。
月下漸低霜又下，更闌，折得梅花獨自看。

就怕獨自倚著欄杆，閣樓下是溪水潺潺，閣樓外則有青山隱隱。只有舊時風景依然，黃昏的細雨，早晨的雲霞，都像夢一樣的遠去了。

應該是隨著仙人遠去了吧，月光下，彷彿常聽到細碎的佩環聲響。月影西斜，霜寒更深，夜也將盡，我摘下一朵梅花，獨自欣賞。

詞家的這闋詞或許別有所指，我卻獨愛他的文字之美。

的確，人事多變，山水卻是永恆。

如今屬於我那最美麗的時光，早已在記憶中停格了。

近幾年來，我的日子過得很緊迫，不能說沒有意義，可是夜以繼日，又忙又累，就怕損及健康，太划不來了。

也是在那個時候，我記得臨近元旦，曾經接到好朋友同春的電話，她收成番薯，想要寄一些來給我嚐嚐。

真是彌足珍貴，畫家放下了手中的畫筆，去拿鋤頭鋤土種番薯，其中的艱難可想而知。

不曉得是不是也算是殺雞用了牛刀？

我說：「妳應該畫下實景，作為紀念。不是很有意思嗎？連題目都幫妳想好了，就叫做《第一次收成》。」

她今年有聯展。她說：「從田裡回來，簡直累死了。為了畫展展出，只好半夜爬起來畫。」

真是精神可嘉。

她丈夫種菜，她種番薯，各有所司。丈夫是工程師，擅長做菜，還能辦桌，真了不起。他們所有的栽種，都是有機植物，一定健康可口。

好大的興頭啊，她竟然當農婦去了。

也讓我想到，人應該回歸田園，唯有經常行走在大自然中，我們才可能快樂起來。

外頭的陽光正好，我推開桌前的書冊站起身來，我要出去散步，跟我所認識的每一棵樹打招呼。

今天，我真正要做的是：慢慢走，欣賞啊！

明天呢？明天更要早起，看會不會仍有晨霧蒞臨？

宋・潘牥（一二〇四～一二四六）

【簡介】

字庭堅，號紫岩，福州富沙（今屬福建）人。端平二年（一二三五年）進士第三名。歷任浙西茶鹽司幹官，改任宣教郎，又官太學正，通判潭州。淳祐六年卒於官，享年四十三歲。

【文學評價】

《宋史》、《南宋書》有傳。趙萬里《校輯宋金元人詞》輯有《紫岩詞》一卷。潘牥是風流才子，楊慎《詞品》說：「潘牥美姿容，時有諺雲，探花真潘郎也。」〈南鄉子〉這首詞是他題於妓館之作，當年曾有過一番風流韻事，如今物是人非，不勝感慨，提筆寫就這首傳世之作。

春日落雨的早上

她來看我，在一個春日落雨的早上。

那時候，我正在窗前，讀著宋．晏幾道的〈木蘭花〉：

東風又作無情計，豔粉嬌紅吹滿地。
碧樓簾影不遮愁，還似去年今日意。
誰知錯管春殘事，到處登臨曾費淚。
此時金盞直須深，看盡落花能幾醉。

東風又跟往日一樣無情的吹起，所有繽紛的花朵都被吹落了一地。高樓上的簾子低垂，卻遮不住我心中的愁緒，仍像去年一樣的愁苦。

誰知道當初就不應介入這殘春的情緒，每登臨一地，常因聯想而落淚。現在舉起酒杯就必要沉沉醉飲了，落紅易盡，然而人的一生又能痛快的醉上幾回呢？

傷春裡有著深情，這樣的詞，讀來別有懷抱。

人世間所有的美好都無法久留，青春易逝，所謂的幸福也從來都無法長長久久。幸好，生命裡，一切的困頓和苦難也都不會是永遠。

料峭春寒的季節，氣溫仍低。落雨更加深了涼意；然而比起人生的困頓，這點風寒雨冷又算不了什麼了。

很高興能見到她，尤其，對她漸入佳境的人生路途，她的堅持和忍耐，有多麼的不容易，如今苦盡甘來，我願給予最大的擁抱和祝福。

回顧那些艱難的時刻，生意垮了，丈夫只會在家裡發脾氣，什麼也不肯做。情況既然如此，家計必須有人來扛，丈夫顯然無法仰仗，她立刻決定外出工作。畢竟離開職場多年，和現實社會有些脫節了，一時之間無法以專業謀生，她也願意放下身段，不做計較，終於能以微薄的薪水養家活口，三個孩子那個時候都在就學，最小的兒子，也還在讀國小……

幸好有親友適時伸出援手，在每年孩子們繳交學費之時，幫忙解決了她的燃眉之急。好幾年以後，丈夫也願意外出，找個小事做，到底是正當職業，也讓生活次序漸趨正常，已經算是很體諒了，多麼讓人慶幸。

一轉眼，十多年的時光過去了，兩個孩子畢業以後，都有很好的職業，如今，老么也上了大學，所有的困苦都已經遠去。

曾經，那真的是捉襟見肘的歲月，她深感肩頭上經濟壓力的沉重，連生病都讓她焦慮，因為病不起，所有的醫藥費都是額外的負擔，幸好一切已成了往事。

孩子們都乖，也懂事，給了她很大的安慰。

其實，在我看來，這些都得力於她的教導有方。

她教孩子，一定要有禮貌。對於曾經伸出援手的親友，要時時心懷感恩，因為，如果沒有那許多的善意，不會有今天的人生坦途。夫妻的意見再分歧，也絕對不在兒女的面前爭執吵鬧，以免壞了家庭的和諧氣氛。她一再的隱忍，只是為了家庭和兒女都能更好……

對於她曾經受過的苦，我有多麼的心疼，如今否極泰來，真心替她感到高興。

兒女各個好，更是上天給予她最大的酬報。

人生的這一遭，誰都是有功課的，不在此，就在彼，輕省不得。但是，這也提供了我們學習的好機會，要謙卑、努力、寬容和愛，我們才有可能擁有更好的明天。

春日的天氣，因著落雨，更添了幾分微涼，此刻，在言談之際，卻讓我們覺得溫暖。

祝福她，在未來的人生路途裡，能夠遇見更多的美好。

宋・晏幾道（一〇三〇～一一〇六）

【簡介】

字叔原，號小山，是詞人晏殊的第七子。自小過著榮華富貴的生活，中年時家道中落。其仕途不如父親順遂，僅做過一些小官，歷任潁昌府許田鎮監、乾寧軍通判、開封府判官等。有《小山詞》詞集傳世。

【文學評價】

其創作多為令詞，詞風與晏殊近似，語言清麗，感情真摯。詞壇上稱其父子為「臨川二晏」。宋朝王灼《碧雞漫志》：「叔原詞，如金陵王、謝子弟，秀氣勝韻，得之天然，將不可學。」清朝陳廷焯《詞壇叢話》：「晏小山詞，風流綺麗，獨冠一時。」明末毛晉汲古閣本《小山詞跋》：「諸名勝詞集，刪選相半，獨《小山集》直逼花間，字字娉娉裊裊，如攬嬙、施之袂，恨不能起蓮、鴻、蘋、雲，按紅牙板唱和一過。」

人生滋味如茶

人生到底像什麼滋味？

我想，也像茶滋味吧。

我們都只是那一片片枯乾的葉子，要在滾燙的熱水裡一再的被翻騰和滾落，艱苦嘗盡，才能逐漸舒展葉片，釋放芬芳，最後汪成了一壺回甘的好茶。

如果沒有那樣艱難的歷練，晨間的霧，雲來雨來，所有風的低語、陽光的照耀，都只是一場枉然。茶農的辛苦，烘焙的勞累，只怕也都被辜負了，成就不了生津解渴的好茶。

那麼，當我們明白了這個道理，走在人生道上，所有的苦都要忍著嚥下，沒有絲毫閃躲的餘地。

當我們能平心靜氣地面對種種苦難的錘鍊，我們才真正成熟而有智慧。

我的朋友有過一次失敗的婚姻，歷盡種種周折，好不容易才離了婚。身無分文的攜著年幼的女兒倉皇離去，租了一間小小的房，以辛勤的工作來養活女兒。十多年以後，我們相逢，她已經分期付款買下一間小屋，足以遮風避雨，不再流離遷徙、彷徨不定了。

她談起自己不幸的婚姻，她說：「不曾經歷長夜哭泣的人，不足以喻人生。」她變得更加寬厚、包容和溫暖。

她拿起桌上的茶，喝了一口，微笑的跟我說：「人生也可以回甘，如茶。」

人生走到中年，有時也不免落寞。我曾讀過清・王國維的〈浣溪沙〉：

掩卷平生有百端，飽更憂患轉冥頑。

偶聽鵜鴃怨春殘。

坐覺亡何消白日，更緣隨例弄丹鉛。

閒愁無分況清歡！

掩卷思量，一生中的千般哀樂，一起湧上了心頭，飽經憂患，敏感的心靈早已變得麻木。一聲鶗鴂撥動了我的心弦，原來春意已經闌珊。

不知如何打發這無聊的時光，才效法別人的樣子弄弄筆墨。由於忙著鑽研，連發愁的功夫都沒有，還到哪裡去尋找清雅恬淡之樂呢？

中年的心境，或許有著幾分悲涼，然而，還是應該向前看，努力奮發。

且來喝杯好茶吧。

平日你喝茶嗎？你又喝出了怎樣的滋味呢？

幸福在哪裡

去游泳。

認真的游了好一會兒，也覺得有些兒乏了。心裡想：歇一歇吧。於是，我坐在游泳池畔休息，卻在無意間聽到泳友們在聊天。

原來，她們在談論所謂的「幸福」。

一個說：「吃得下，睡得著，就很幸福了。」

另一個說：「我每天看到小孫子越長越大，也越來越可愛，覺得很幸福。」

有的說：「平安是福。」

有的說：「健康快樂是福。」

也有的說：「想到我們能夠每天都來游泳，多麼幸福啊！」

大家都笑了起來，紛紛點頭稱是……

當我們的人生逐漸走到靠近黃昏的時刻，年輕時候的忙碌已經過去了，那時，有太多的焦慮和在意，每天都像一個陀螺，旋轉個不停。大事小事一把抓，真希望自己也是「千手觀音」，事事應允，也都做得來。要不然，是個「無敵鐵金剛」也好，沒有什麼難得了的，做太多的事，也能不覺得累。

此刻，一切但覺雲淡風輕。該盡的責任已經盡了，體能日衰，能做的事也已有限，追趕跑跳，多少也力不從心了。

想到青春的風采，妄求叱吒風雲，心比天高，一切都已經是往日的夢了，飄渺得不復可尋。

此時，我們已到了可以坐看西天雲霞的年歲，心中另有一種恬淡的快樂。不再希求功名利祿，不再冀望飛黃騰達，只但願身心康健，能與家人和樂相守，憂歡與共。

當然，自己也明白，連這樣的歲月也正漸漸在流失之中。怎麼辦呢？無須抱怨，沒有悔恨，且珍惜眼前，知足感恩，就好。

我喜歡宋．張孝祥的〈念奴嬌．過洞庭〉的詞：

洞庭青草，近中秋更無，一點風色。
玉鑒瓊田三萬頃，著我扁舟一葉。
素月分輝，銀河共飲，表裡俱澄澈。
怡然心會，妙處難與君說。

應念嶺海經年，孤光自照，肝膽皆冰雪。
短髮蕭騷襟袖冷，穩泛滄浪空闊。
盡挹西江，細斟北斗，萬象為賓客。
如舷獨嘯，不知今夕何夕。

洞庭青草，臨近中秋時，連一絲風也沒有。湖水皎潔寬廣，如三萬頃玉鏡瓊田，上面載有我的一葉扁舟。淡月發出了銀輝，投映在銀河裡，整個宇宙澄清明亮。面對著如此清景，心中有著說不出的歡喜，我領會了其中奧妙的滋味，卻很難跟你細說分明。

想起在嶺南的這些年，一輪明月，照見了我的肝膽像冰雪似的高潔晶瑩。短髮日益稀疏，衣袖薄冷，仍平穩的泛舟在空闊的海天之間。我汲盡西江水當作美酒，用斗當杯杓來勺酒豪飲，請世間萬物和天上星辰為座上嘉賓。我敲擊著船邊，獨自吟嘯，只不知今夜是什麼時辰。

張孝祥曾任兩廣官職，然而遭讒去職，就在北歸途中，途經洞庭湖時，將泛舟時的所見所思寫了下來，彼時湖光月色，逸興遐思，表明了自己的心地坦然純白，毫無愧怍，對一己的遭逢不遇，能泰然處之。這般的胸懷坦蕩，狂放飄逸，多麼讓人景仰。

至於我們，平凡的小人物自有平凡的快樂。

那麼，到底幸福在哪裡呢？

我以為，就在知足的心。

因著知足，尋常生活裡，即使一飲一啄，也有著真滋味。安步可以當車，也自有餘樂。天光雲影，花草樹木，鳶飛魚躍……無一不美，也處處感到被幸福所圍繞了。

即使此刻臨近黃昏，也有夕陽無限好。不是嗎？

宋・張孝祥（一一三二～一一六九）

【簡介】

字安國，號于湖，歷陽烏江人。自小聰慧，記憶過人，讀書過目不忘。紹興（一一三一—一一六三）舉進士，歷任祕書省正字、起居舍人、集英殿修撰、都督府參贊軍士、建康留守等職。他的狀元策及詩與書法，時稱「三絕」。

【文學評價】

書法宗晉唐，主學顏真卿。書體「樸藏厚重、骨格遒勁」，甚有顏體風韻。他的書法，在宋朝評價頗高，曹勛在《松隱集》中說「安國字尤為清勁，如枯松折竹，架雪凌霜，超然自放于筆墨之外。」朱熹也說：「安國天資敏妙，其作字多得古人用筆意。」

相逢的時候

我們相逢的時候，多年的時光早已悄然流逝。

久別重逢，總是歡喜的。

好奇怪，她分明看起來年輕，可是，據她所說，她的女兒已經在工作了，兒子也上了大學。按理，她不可能年輕，可是，到底她把歲月都藏到哪裡去了呢？

她是漂亮的，據說，臉上擦的是某一種祕方的保養品，是這樣才青春永駐的嗎？果然皮膚緊實，讓我們嘆為觀止。

直到後來，她取下了頭上的髮片，告訴我們在臺北的某處買的，是真正的頭髮做的，所以不會悶熱。她熱心的說，「我可以帶妳們去買啊。戴上髮片，可以遮住新長出的白髮，效果很不錯呢。」

這時候，我才相信，她也有一些歲數了。

過往的日子裡，她曾幾次劇烈的疼痛而急診就醫，查不出病因，卻痛到幾乎要瘋掉。第一次打止痛針有效，第二次就不靈了。

是壓力太大了嗎？沒有人知道。

輾轉求醫，也吃了不少苦。

後來，是用了氣血循環機而獲得改善。

到底是怎樣的一場病？恐怕到現在也說不清楚。

生病的那段時間，年歲仍小的兒子受託要照顧媽媽，卻因此有了很親密的親子感情，到現在依然如此，這是最珍貴的收穫。

人生的禍福也的確是相倚的，塞翁失馬，焉知非福？

相逢時，由於她來得晚，因此坐在我的身旁。說起話來，直言無隱，另有一種坦率的可愛。也或許，在座的，很多都是她兒時的友伴，於是她也彷彿回到了年少歲月的天真……

固然兒子跟她很親，而曾經備受呵護的女兒，長大以後，也回過來照顧她，買漂亮的衣服來打扮媽媽，這真是最好的回饋，讓人覺得溫暖。

如果連她都進入了中年，而我曾經是她的老師，已經無可逃躲的急速向著人生的黃昏靠攏了。

想起我曾讀過的，宋．柳永的〈訴衷情〉：

一聲畫角日西曛。
催促掩朱門，不堪更倚危闌，腸斷已消魂。
年漸晚，雁空頻。
問無因。思心欲碎，愁淚難收，又是黃昏。

聽到畫角響起，這時候太陽已經西斜了。彷彿在催促著人們快些兒掩上紅色的大門，讓人不堪承受的是，在這時還倚著高闌，多麼讓人魂消腸斷啊。

一年將盡，歲月如飛的逝去，不免撩起心中的惆悵，想起自己不也像是鴻雁一般，徒然的南來北往。卻也說不出緣由。細細思量，心欲碎，愁淚也難收，何況又是在這樣一個黃昏的時刻。

從太陽西斜，寫到一年將盡，又寫回到黃昏，多麼像一個循環，其間有多少日子流轉的悵惘，欲說還休。而我呢？我面對的是人生的晚霞了，雖然絢麗，只怕也會是稍縱即逝。想起我認識她，是在她少女的年代。多年以後的今天相逢，我看到她在種種的歷練之後，逐漸蛻變成如今的圓熟。

圓熟，也是一種美。

的確，她是美的。

給自己的祝福

那天，我的幾個大學時的同學約著一起來玩，說了很多話，大家都很開心，然後他們回去了。

第二天，我打電話給住在臺中的同學，提到他們來玩的事。臺中的同學問我：「他們提到某某的事嗎？」

我說：「沒有。因為說話都來不及了。」可是對方的問話令我起疑，不免要追問：「某某有什麼事嗎？」

「他在去年九月多的時候往生，那時候，妳正要去做眼睛手術，因此，我們在群組裡決定刻意瞞著妳。」

儘管是出自一番好意，然而，由於瞞著，我一無所知，每回想起他，還是打電話去，可是都沒有人接電話。由於那時他的情形已經很不好，我以為，或許他去看醫生，或許住院，或許住到機構去，好方便照顧。我不曾接到他家人告知的電話，也或許那時候我已經開刀，有些時候我住在妹妹家……

他能脫離病苦，也是好。他病得太重也太久了，早已超過十年。十多年來，他無法外出，不能參加所有的活動，每次的同學會都缺席，後來甚至連生活都無法自理……今生，他曾經在知名的出版社出過兩本詩集，那是他對這個美麗世界的深情回眸吧，卻不知為什麼我仍然覺得哀傷？

願他不再有病痛，一路好走。

也因為遇到這樣的事，讓我幾天來都有些意氣消沉。正巧鄰居好朋友過來，我們說及此事，我說：「如果我七十歲以後，有一天，當我不能自理，請千萬別插任何的管，鼻胃管、氣管內管、氣切、電擊……全都敬謝不敏。我但願能輕鬆一點的走，而不是臥床，什麼都不能做。」

鄰居好朋友曾經跟我說起他父親在養老院最後的一段日子。由於父親無法吞嚥，要插鼻胃管，父親搖頭拒絕，護士打電話給她弟弟，足足說了半個小時，弟弟同意了；然而，鼻胃管很不舒服，父親老是想要拔去，雙手因此分別被綑綁在床沿……她說到此，流淚哽咽，有多麼的不捨。那年她的父親八十好幾了，也不過是再多活了半年，如此的辛苦，又不見好轉，有意義嗎？

人生如旅，到底你是怎麼來看待自己最後的時光呢？會不會也像是清・龔翔麟在〈好事近・沂水道中〉所寫的：

極目總悲秋，衰草似黏天末。
多少無情煙樹，送年年行客。
亂山高下沒斜陽，夜景更清絕。
幾點亂鴉風裡，趁一梳涼月。

極目遠眺，只見那讓人哀傷的秋色，枯草無邊，彷彿一直連綿到天涯。有多少飛絮如煙的無情柳樹，年年送行客。

高低不齊的凌亂山峰逐漸隱入斜陽中，夜晚的秋景更是讓人覺得淒涼到了極點。只見幾點寒鴉在瑟瑟的秋風裡，追逐著一彎清寂的明月。

秋天的黃昏淒清，人生的夕照也充滿了無限的惆悵。

沒有人能事先預知自己人生最後的一段路是否會走得步步艱難，那麼，就讓我們活在當下吧。但願日日都是好日，也就沒有憾恨了。

盡其在我，與人為善。這也是我給自己最好的祝福。

清・龔翔麟（一六五八～一七三三）

【簡介】

清代藏書家、文學家。字天石，號蘅圃，又號稼村，晚號田居，浙江仁和（今浙江杭州）人。康熙二十年中順天鄉試乙榜。由工部主事累遷御史，有直聲，致仕歸。著有《田居詩稿》、《紅藕山莊詞》。

【文學評價】

清代康熙年間著名詩人，工詩詞，為「浙西六家」之一。

紅塵過客

紅塵紛擾，人生卻也短暫。然而，細想來，有誰不是這大千世界裡匆忙的旅人呢？

人活著，有他基本的需求，為衣食而四處奔波，辛勞不能免，只怕衣食足後，卻又不免陷入了名利的追逐，欲深谿壑，難有填滿的一刻。往後，身不由己，又哪有快樂可言？

所以，明白一己的人生目標是有必要的。不隨波逐流，不因循苟且，走向自己所選擇的理想。

也許是飛黃騰達，也許是淡泊寧靜，也許只是做自己……

但，至少要做到：心甘情願，一無怨悔。

細想來，也未必是容易的。

在我，但覺紅塵擾攘，浮生若夢。名利也不過是眼前的雲煙，一轉眼就要飄逝了。相形之下，更顯得拚命追逐，不肯放手的可憫和可笑了。可嘆桃源路遠，隔著山重水複，也只能在夢裡相逢。

有一個春天的夜晚，想起曾經讀過清．江昉的〈清平樂〉：

新陰滿徑，月底花篩影。
寂寞心情憑自領，小院無人春靜。
海棠開到三分，憐他伴我溫存。
始解華胥是夢，曉風吹破行雲。

新月的銀輝輕灑在小路上，繽紛的花朵在月下搖曳，輕輕篩動著斑駁的花影。冷清寂寞的心緒，只有我自己能全然感受。庭院裡，無人映襯著春夜的寂靜。

海棠花才剛開到三分，帶著溫存伴我入夢。等到曉風吹散了行雲，我才恍然，這一切不過是一場夢。

這詞寫春景之美，也表達了孤寂淒冷的情懷。借景抒情，這樣精采的詞，讀來別有懷抱。

對理想，對美的追求，有時候，也會是一場寂寞吧。

原來，人世間所有的美好都無法久留，青春易逝，所謂的幸福也無法長長久久。幸好，生命裡，所有的困頓和苦難也都不會是永遠。

縱使明知如此，仍然是要認真的，盡一己之力，讓我們生活的周遭可以變得更好、更宜於人居。這是存在我心底的願望，孜孜矻矻，夙夜匪懈，到底能做到多少呢？我想，上天必然明白。

總有一天要告別人世，無論聖賢與愚騃，誰都無可逃躲。你希望自己能留下什麼呢？

只要歲月靜好，人人得以安居樂業，縱使沒有人記得我，也是尋常事，根本不必在意。

你呢？你打算如何過屬於自己的人生？

清・江昉（一七二七～一七九三）

【簡介】

字旭東，號澄里，又號硯農，江都（今江蘇揚州）人，安徽歙縣級。候選知府。兄江春曾經營江南鹽業，又曾供乾隆南巡，顯赫一時。個性豪爽好客。

【文學評價】

其詞學南宋江、張，有《集山中白雲詞》、《練溪漁唱》，另有與吳烺、程名世等合輯《學宋齋詞韻》。

九　歌　文　庫　1343

花間讀詞

42 首歌詠心醉與心碎的動人詞話

國家圖書館出版品預行編目 (CIP) 資料

花間讀詞 : 42 首歌詠心醉與心碎的動人詞話 / 棨涵 著 . -- 初版 .
-- 臺北市 : 九歌出版社有限公司 , 2020.12
面 ; 14.8 × 21 公分 . -- (九歌文庫 ; 1343)
ISBN 978-986-450-320-9 (平裝)
863.55　109017324

作　　者——棨涵
責任編輯——張晶惠
創 辦 人——蔡文甫
發 行 人——蔡澤玉
出　　版——九歌出版社有限公司
台北市 105 八德路 3 段 12 巷 57 弄 40 號
電話／02-25776564・傳真／02-25789205
郵政劃撥／0112295-1

九歌文學網　www.chiuko.com.tw

印　　刷——晨捷印製股份有限公司
法律顧問——龍躍天律師 ・ 蕭雄淋律師 ・ 董安丹律師
初　　版——2020 年 12 月
定　　價——300 元
書　　號——F1343
I S B N——978-986-450-320-9